지구가 멸망해도
540일 짬밥은 먹어야 해

병영 독서로
내 인생 바꾸기

빡빡이 EBO-540
독서 전술

병영 독서로 내 인생 바꾸기

초판인쇄	2019년 10월 31일
초판발행	2019년 11월 7일
지은이	장정법
발행인	조현수
펴낸곳	도서출판 더로드
마케팅	이동호
IT 마케팅	신성웅
디자인 디렉터	오종국 Design CREO
ADD	경기도 고양시 일산동구 백석2동 1301-2
	넥스빌오피스텔 704호
전화	031-925-5366~7
팩스	031-925-5368
이메일	provence70@naver.com
등록번호	제2015-000135호
등록	2015년 06월 18일
ISBN	979-11-6338-045-0-03810

정가 15,000원

병영 독서로
내 인생 바꾸기

빡빡이 EBO-540
독서 전술

장정법 저

도서출판 **더 로드**
The Road Books

"나의 인생을 꽃피게 한 독서의 기적"

초등학생의 용돈으로는 전철을 타도 그리 멀리 까지 갈 수 없다.

'그렇다면' 아이는 가방속에서 조용히 새로운 책을 꺼냈다.

전철 요금을 치르지 않더라도 갈 수 있는 결코 세상에 없는 장소에 가기 위해서...

"그래! 가진 것이 없어도 책만 있으면 세상 어디든지 갈 수 있어!"

독서의 가치를 표현한 어느 일본 지하철역에 부착된 광고 문구처럼 아이는 여러 장소를 탐험하곤 했었다.

현재 군복무기간은 18개월(1년 6개월)이며 일수로 따져 '540' 일이다.

 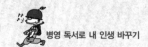

남자에게 군 입대는 피할 수 없는 인생의 한 과정이다. 군대에서 보내는 시간을 어떻게 잘 관리하고 사용하느냐가 앞으로 사회에서 본인의 운명을 가른다고 해도 과언이 아니다.

과거에 비해 그리 길지도 짧지도 않은 어중간한 기간이지만 막상 군 입대를 앞둔 장병에게 국방부 시계는 멈춰 버린 시간처럼 길게 느껴질 것이다.

또한 540일 동안 짬밥 일일 예산 8,012원은 정확히 환산되어 본인이 좋든 싫든 꾸준히 그의 밥상에 차려질 것이다. 짬밥을 먹고 영양분을 어떻게 활용하느냐에 따라서 전역 후 그 사람의 됨됨이가 완성된다.

이 평화로운 시대에 과연 군에 입대하여 무엇을 할 것인가? 어느 광고에서 말한다. 군인에서 학생으로, 학생에서 군인으로 계속 그렇게 왔다 가는 과정 속에 당신은 어떤 선택을 할 것이냐고 묻는다.

'인생의 한 과정 속에 당신이 얻어낸 것은 무엇인가' 란 질문이다. 입대 후 단순 시간만 때우는 사람이 있는 반면 시간 재테크를 잘 활용하여 누구 못지않은 성숙한 사회인으로 거듭나는 사람이 있다.

20여 년의 군생활을 통해 수많은 병사가 내 손을 거쳐 사회로 향했다. 많은 시간이 지나 어른이 되어버린 그들을 지켜보며 문득 생각나는 게 있다.

　늘 책을 손에서 놓지 못했던 병사들은 현재 사회의 중요한 위치를 차지하고 자신이 원하던 모든 것을 가졌다. 반면 독서를 멀리하고 잠자며 놀기 바빴던 병사들은 너무 지극히 평범한 인생을 살아가고 있었기에 오늘날 내가 독서의 중요성에 주목하는 이유도 그렇다.

　1998년 여름, 이등병으로 입대하여 특별관리 A급 관심병사로 주목을 받았고 사단이 들썩거릴 정도로 군무이탈을 감행했다. 그런 못말리는 천하의 말썽꾸러기 이등병이 육군소령이 되어 돌아오기까지의 비법은 영창에서 만난 단 한권의 책이었다. 그전까지 나는 책이라는 것을 모르고 살아왔었다.

　듣보잡 같은 A급 관심병사가 장교가 되어 육군의 가장 명예로운 최고의 포상 '참군인 대상'을 수상하고 육군 소령이 되기까지 꾸준한 독서와 글쓰기는 어느 누구든 바뀔 수 있다는 희망의 증거를 몸소 보여준 계기가 되었다.

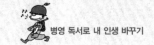

내 인생에 가장 의미있는 일을 한가지 말하라면 주저없이 '독서' 라고 답할 것이다. 독서는 내 인생에 많은 변화를 가져왔다. 그리고 군생활 모든 순간 내 곁엔 책이 있었다.

20여년 대부분을 서부전선 최전방 GOP에 배치되어 야전군 전술과 작전계획을 다루던 장교로서 임무를 수행하였다. 그러던 찰나 연합군 전술 훈련에 참가한 계기로 듣기 생소한 EBO란 연합군 용어를 처음 접하게 되었다. 미군을 주축으로 한 연합군은 EBO작전을 수행하며 자신들이 원하는 목적을 달성하며 충분한 효과를 발휘하였다.

그렇다면 도대체 연합군이 그토록 강조했던 'EBO 전술' 이란 무엇인가?

그것은 한마디로 '효과 위주의 동시통합전(Effect Based Operation)' 개념의 군사전략으로 전문 연합작전 용어로 공격받자마자(시작과 동시) 적 지휘부와 통제소 · 관제소 등 핵심시설을 동시다발적으로 타격하는 것을 말한다. 최소한의 전력으로 최단시간에 적의 전쟁 수행 의지와 능력을 무력화하는 군사전략이다. 이는 전선 확대를 막아 희생자를 줄이고 전쟁 비용을 억제하는 것을 도모한다.

즉, 적이 전면전 공격 시 적의 중심(Center of Gravitation)을 타격하여, 작전의 결과가 최대 효과를 내도록 하는 것이 EBO 작전의 주된 개념이다.

이렇게 세계적으로 검증된 연합군 'EBO' 전술을 독서에 접목하면 뜻밖에도 놀라운 효과가 나타난다. 군대 최상위 엘리트 집단 '영관급 장교' 들은 바로 이 EBO를 통해 풍부한 지식을 소유하므로 부사관, 병사를 지휘통솔하고 장교의 지성을 유지했다.

독자들이 연합군 군사전략을 벤치마킹하므로 입대와 동시 자기에게 주어진 시·공간적 환경을 집중적으로 활용하고 분석해 볼 것을 권장한다. 그러면 최소한의 몰입으로 다발적 독서를 실시하여 최단 시간 최대 성과를 달성하는 습관을 갖게 될 것이다.

여기에 더하여 문무를 겸비한 장교들의 독서법을 공개하고 그들이 무엇을 어떻게 읽는가에 주목한다. 군 최고 상위계층으로 존재하기 위한 장교단의 숨겨진 독서 비법이 언제나 최단시간 최대효과를 낼 수 있었던 것은 바로 EBO식 개념이 전분야에 걸쳐 잘 적용되어 있었기 때문이었다.

 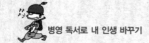 병영 독서로 내 인생 바꾸기

'핵심시간을 공략하여 지식 폭격을 감행하라!' 는 전투 명령처럼 군생활 540일 기간 단 하나의 효과에 집중하면 분명히 전역 후 내 인생이 달라질 것이다.

이것이 바로 효과중심작전에 기초한 EBO 독서 전술의 효과이다.

독서가 익숙해지면 저절로 글이 쓰여진다. 나 역시 독서를 통해 글쓰기란 생명을 잉태하였고, 글쓰기에 몰입함으로써 3개월 만에 원하던 책을 완성하게 되었다.

처음 출판계약서에 서명하던 그 순간은 내 인생에 가장 짜릿한 순간이 아닐 수 없었다. 내가 글을 잘 써서가 아니다. 독서란 어버이가 있었기에 가능한 일이었고 책을 만드는 과정에서 깨달은 것은 누구나 글을 써 책을 만들 수 있다는 가능성을 보았다. 방법을 몰라 자신의 책을 내지 못하는 것뿐이다.

결국, 글쓰기는 독서의 자식이다. 부단히 읽고 쓰는 훈련을 즐기면 글쓰기만큼 훈련의 결과를 정직하게 드러내는 것도 드물다. EBO훈련 과정을 한 단계 한 단계 밟아 나아갈 때 나의 자신감은 배가 되고 표현력은 더욱 무르익어 성숙해진 열매를 맺는 기쁨을 만끽할 것이다.

이제 군대란 곳이 더 이상 외롭고 두려움 가득한 장소가 아니라 당신의 꿈을 실현시켜줄 무대 뒤 분장실이란 점을 명심하라.

전역 후 여러분은 어떤 분장을 하였는가에 따라 '주연인가', '조연인가'를 판가름 낼 것이다.

병사에서 영관장교까지 올라오기까지 오늘 이 책을 만들기만을 학수고대하였다.

나는 이 책을 마지막으로 군을 떠나 사회로의 새로운 도전을 꿈꾸고 있다.

이 책이 나에게 있어 실험 대상이 되는 셈이다.

무엇보다 독서 강군이 되길 바라며 후배들의 자기계발에 많은 도움이 되길 기대한다.

그리고 540일 당신이 상상한 모든 것이 다 이루어지기를 바라는 바이다. 이 책을 믿어라. 당신의 운명은 확실히 100% 뒤바뀔 것이다. 전투화를 어떻게 신을지 고민만 하는게 아니라 실제 전투화를 신었을 때 드디어 시작된다는 것을 알게 된 당신은 이제 540일을 알차게 즐길 일만 남았다.

'실패할지도 모른다' 며 나약한 생각을 하고 있으면

그 작전은 확실히 실패한다. ㅡ아돌프 히틀러ㅡ

2019년 9월

저자 **장정법**

01

**전우현 **_ 한양대 법학전문대학원 교수

"독서를 하는 것은 매우 중요하고 좋은 습관이다"

군대는 매우 중요하다. 군대는 국민의 생명과 재산을 지키는 최후의 보루이다. 국가의 성립과 발전없이 민족이 흥륭할 수는 없고 국가를 지키는 것이 군대이다. 한 국가에는 무엇보다 영토와 주권의식이 중요한데 그 안정장치가 군대이다. 이를 국가주의라고 비난할 수는 없다. 군대는 전쟁의 가능성 때문에 존재하므로 조직과 기율로 무장될 수 밖에 없다. 이러한 특징이 특유한 문화를 낳는다. 적에 대한 인식은 명확해야 하고 이것이 불명확하면 전쟁이 발생한 때 패전할 수 있다. 그리하여 정신교육이 대단히 중요하다. 신세대 중 일부이겠지만, 사명감이나 헌신성이 부족함을 느끼는 것은 나만의 기우(杞憂)일까? 군 복무기간을 인생의 단절기, 손실로 생각하는 사람도 없지 않은 듯하여 걱정이 앞선다. 이런 때일수록 신세대 장병의 충성을 유도하기 위해 지휘관은 과거보다 높은 도덕성을 지녀야 한다. 우리 사회도 군 복무기간이 단절기가 아님을 보여야 한다. 그리고 군 복무자를 애국자로 격려하는 분위기를 만들어야 한다. 그리하여 자유민주주의의 장점을 살려 대한민국을 왜 지켜야 하는가의 교육이 이루어져야 한다.

맹목적 평화주의자들은 특히 위험하다. 이들은 전쟁이 항상 그 목적을 달성한 적이 없다고 한다. 그러나, 이 주장은 명백히 잘못된 것이다. 사실, 중세교회의 주요 신학자들도 침략전쟁은 반대했지만, 야만인에 대항한 성소의 방위를 임무로 한 방어 전쟁은 한결같이 긍정했다. 종교와 공공의 안녕을 위하여 가난한 자와 억압된 자에 대한 사랑으로 창과 방패를 든 신의 아들들은 숭앙되었다. 유럽에서 이러한 전통은 공인된 것이다. 물론 십자군 전쟁처럼 세속적 욕구가 표출되어 무고한 양민을 해친 적도 있다. 그러나 모든 전쟁이 그러한 것은 아니었다. 기만적 평화주의자들의 주장은 거짓된 가르침이며 평화주의를 이단을 위해 봉사하게 하려는 목적을 지니고 있다. 그 사랑은 진실의 나약하고 기만적인 왜곡일 뿐이다. 이들은 때때로 평화는 그 자체가 목적이라는 달콤한 주장을 하기도 한다. 그러나, 그러한 나약함에서는 평화가 아니라 전쟁을 맞고 그 전쟁의 비참한 희생자로 전락한다. 그리스도께서도 "나는 평화를 주기 위해서가 아니라 칼을 주기 위해 왔다"고 하셨다. 신께서는 정의와 법과 자유를 수호하는 것을 우리의 과제로 정했다. 참된 평화는 올바름을 추구하는 지난한 노력에서 찾아진다. 결국 평화는 저절로 떨어져 받아먹는 감이 아니다. 우리 스스로 감나무 위에 올라가 따먹어야 하는 감 열매이다. 국제사회에는 영원한 우방도, 영원한 적도 없다. 우리 군대는 이에 철저히 대비해야 한다. 그리하여 군인은 용감해야 하지만, 훌륭한 기사도와 같은 도덕성과 신사도를 갖추어야 더욱 존경받는다. 어떤 군대든지 용감한 전투 능력만 가지고는 부족하다. 항상 상황은 변한다. 전략적 판단, 국민과 함께 하는 일치의 정신, 국군의 전력을 약화시키는 무책임한 정치주장에 대한 방어능력이 없이는 훌륭한 군대가 아니다. 이는 이미 6.25 전쟁, 월남전, 이라크전 참전 등에서 우리 군대가 경험한 바이다. 이러한 의미에서 군인에게 독서는 가장 창조적인 활동을 통해 가장 창조적인 사고를 해내는 것이다. 이는 마치 체력과 같아 군인은 문·무를 겸비할 때 가장 완벽한 무인(武人)으로 만들어진다. 이 책은 군생활의 의미를 발견하게 해주는 매우 훌륭한 안내자이다.

장 소령은 입대와 동시에 주어진 환경을 활용하고 분석하자고 한다. 또, 군생활 540일 집중하면 전역 후 인생이 달라진다고도 조언한다. 군대는 더 이상 외롭고 두려운 곳이 아니라 꿈을 실현시켜 줄 분장실임을 고백하였다. 많은 장병들이 장소령이 쓴 이 책을 만나게 될 것을 기대한다. "군대는 어항 속 금붕어처럼 모두 똑같은 옷을 입고 같이 밥먹는 공적(公的) 공간이지만, 시간을 때워야만 하는 어항이라고만 생각지 말자. 거대한 강으로 생각하자. 꿈을 키우자. 이 연못에서 작은 붕어로 살며 잉어가 되는 정도의 꿈만 꾸지 말자. 거대한 용이 될 미래에 투자하자! !" 이 얼마나 멋진 참 군인인가?

02

유흥위 _ 공주 대학교 사회복지학과 교수

"많은 장병들이 인생의 긍정적 터닝포인트가 되기를"

독서로 자신의 운명을 바꾼 인생의 파노라마를 필자의 개인적 경험과 이야기를 완벽하게 재현한 책!

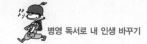

현역 장교인 저자는 병사에서 장교의 군생활에서 자신이 직접 체험하고 체계화시킨 독서법을 소개하고 있다. 저자는 평소 바쁘게 돌아가는 군 생활을 하는 장병들에게 강한 효과를 체험할 수 있는 'EBO 독서전술'을 다음과 같이 제시한다.

언제? 540일 군 복무기간 동안

어디서? 병영 내에서

누가? 장병 개개인

무엇을? 독서를

어떻게? EBO 독서전술

왜? 운명의 개척을 위해

이 책을 통하여 많은 장병들이 인생의 긍정적 터닝포인트가 되기를 기대해 본다.

03

이복규 _ 서경대학교 문화콘텐츠학과 교수

"EBO 독서법은, 연합군의 전략전술을 독서에 벤치마킹"

이 책은 정말 특별한 책입니다. 입대해 전역할 때까지 540일의 시간을 의미 있게 살려내는 비법을 담고 있기 때문입니다. 언젠가 장 소령의 근무지를 방문했을 때 부드러운 가운데 여유 넘치는 화술로 방문객들을 매료시켜 인상적이었는데, 이제 보니 독서의 힘입니다. 매일 페이스북에 그려 올리는 '마이클 창'의 저력도 독서에 있다는 걸 알았습니다.

이 책은, 스스로 독서를 실천하는 분의 글이기에 더욱 울림이 큽니다. 원래는 그다지 책을 좋아하지 않던 분, '관심병사' 이던 분이, 진중문고의 책을 읽되 EBO 독서법으로 꾸준히 읽어 마침내 장교의 꿈까지 이루고, 작가로까지 성장한 이야기는 독자를 움직이기에 충분합니다.

이 책에서 힘주어 강조하는 EBO 독서법은, 연합군의 전략전술을 독서에 벤치마킹한 것이라는데, 전투적인 독서법입니다. 주어진 시간과 여건이 한정되어 있으니, 그 안에서 최선을 다해 가장 효과적으로 읽어 성과를 내야 하는 군인의 신분에 더욱 최적화한 방법이라 생각합니다. 독서를 화두로 성실한 장교의 군대 경험과 그간의 독서 지식을 체계적으로 담아낸 이 책을, 군인은 물론 일반인도 읽어, 각자의 인생을 행복하게 바꿔나갔으면 하는 바람입니다.

04

김채식 _ 육군 주임원사

"독도(讀圖)를 못하면 독도(獨島)를 못가고 독도가 된다"

평생전우! 장정법 소령님!

그 이름만 생각해도 온화한 미소가 저절로 떠오르는 참 좋으신 분이다.

귀한 책을 읽고나니 과거 육군부사관학교 독도법 교관시절에 주문처럼 강조했던 말이 생각난다.

 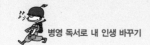

"독도를 못하면 독도를 못가고 독도가 된다" 라는 구호였는데 "지도를 제대로 읽지 못하면 목표를 찾을수가 없고 낙오자가 된다" 라는 의미였다. 즉, 제대로 읽자였다.

이책은 마치 독서의 중요성을 제시해주는 길잡이 역할을 하는 나침반임과 동시에 목표를 찾는데 유용한 지형지물처럼 효과적인 독서를 위한 참고점을 제시해 주고 있다.

군생활이 삶의 단절이 아니라 더 나은 성장을 위한 인생준비 플랫폼차원에서 가장 실용적인 독서법을 제시해 주는 이책이 너무 귀하게 느껴진다.

다시한번 내 자신부터 '승리를 위힐 독한 군인' 이 되어보자고 다짐한다.

05

한재성 _ 대령(13특수임무여단장)

"독서의 중요성을 일깨워 주는 기발한 경험담이 가득 담겨"

군생활 35년을 되돌아 보면 '국방부 시계는 거꾸로 매달아도 간다.'

이렇게 전역할 때만 기다리며 시간을 낭비하는 사람은 전역 후에도 발전 가능성이 낮았다. 1년 6개월 540일 동안의 군생활을 가장 보람있게 보내는 방법이 독서와 외국어 공부와 체력단련이다.

이 책은 병영생활을 하는 장병들에게 독서의 중요성을 일깨워 주는 기발한 경험담과 아이디어가 잔뜩 들어있다.

06

장세근 _ 대령(국방부)

"군 생활의 독서는 개인의 인생에 있어서도 가치있는 시간"

지금 이순간에도 대한민국의 자유와 평화라는 소중한 가치가 유지될 수 있는 것은 우리 젊은이들의 군 복무, 즉 그들의 국가를 위한 위대한 헌신이 있기 때문이다.

군 생활을 통해 체득하고 개발한 저자의 독서 노하우는 우리 젊은이들의 군 생활을 국가를 위해서 중요한 기간일 뿐 아니라 개인의 인생에 있어서도 의미있고 가치있는 기간으로 만들어가는데 큰 도움을 주리라 확신한다.

07

윤상덕 _ 중령(육군학생중앙군사학교 인사과장)

"지금 책 앞에서 머뭇거리는 당신에게 권하고 싶은 책이다"

한 권의 책 덕분에 군 생활의 중요한 선택을 하기도 하고, 책을 통해 인생이 바뀌기도 한다.

내가 아는 장소령은 적어도 책으로 변한 사람 중 한 명이다.

지독한 활자 중독자 장소령이 여러분의 독서습관을 바꿔 줄 것이라 기대

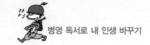

한다. 지금 책 앞에서 머뭇거리는 당신에게 반드시 권하고 싶은 책이다.

08

장석원 _ 상병(25보병사단 GOP)

"가장 쉽고 빠르게 변화 할 정보를 제공해 주는 최적의 독서법"

누구나 독서 잠재력을 가지고 있다.

인생의 주인이 되기 위해 우리는 책을 읽어야 한다. 가장 쉽고 빠르게 변화 할 정보를 제공해 주는 최적의 독서법이 바로 여기 EBO-540 독서법이다.

Contents | **차례**

chapter **04** | 운명이 바뀌는
독서의 힘 __ 201

chapter 01

군대에서 시작하는
기초독서

훈련소 가는 길

A young man who does not have what it takes to make a living. Today's military rejects include tomorrow's hard-core unemployed. (John F Kennedy)

군복무를 이행할 의지가 없는 젊은이들은 생계를 꾸려갈 의지도 없다고 볼 수 있다. 지금 군대에서 거부당한 이들은 미래에 실업자가 될 공산이 크다. (존 F 케네디)

나는 영원히 내일 아침이 오지 않길 기도했다.

시곗바늘은 평소보다 조금 더 빠르게 움직였으며 그동안 아무렇지 않게 보았던 시내거리가 그토록 아름답게 느껴질 수가 없었다.

입영 전야에 선배들은 밤새 술을 권하고 마시면서도 저마다 자기

군 생활 이야기만 해댔을 뿐 내 마음을 위로해줄 어떤 도움도 되지 못했다. 노래방에선 온통 군대와 관련된 슬픈 노래만 불러댔다.

가만있자, 나에게는 고무신을 거꾸로 바꿔신을 애인 한 명 없구나. 오히려 다행이라 생각했다. 2주 전 춘천을 떠나오며 이별에 대한 아픔 마저 무뎌졌다.

선배들과 헤어져 오면서 "몇 시간 뒤 나도 군대 가는구나"하며 긴 한숨을 쏟아내며 집으로 들어갔다.

낮에 자른 짧은 스포츠형 까까머리에 손이 자꾸 올라가 머릴 쓰다 듬었고 거울에 비친 내 얼굴이 십대처럼 어려 보이기까지 했다. '난 아직 애구나' 혼자 생각하며 모두 잠든 시간 계속 벽에 걸린 시계만 뚫어져라 쳐다보았다. "그곳은 과연 어떤 곳일까?"하는 호기심과 두려움이 반반이었다.

아침해가 커튼 사이로 힘차게 들이닥쳤을 때 이미 내 눈은 창가를 바라보고 누워있었다. 분명 어제가 있었던 것 같은데 어제가 잘 기억나질 않았다.

급한 마음으로 쫄 청바지와 반팔 티셔츠를 입었다. "이제 이런 옷 입을 날도 별로 없을텐데 멋진 옷으로 입자"라며 거울속 내모습을 위아래로 바라보며 마지막 폼을 삽아보았다.

안양 금정역에서 의정부행 전철을 전철을 탔다. 그 날은 유난히 정차할 때 탑승객도 많지 않아서 비어있는 열차에 몸을 편히 싣고 자리

에 앉았다.

연인처럼 보이는 두 남녀가 서로의 손을 꼬옥 잡고 서로를 바라보고 있었다. 남자는 곧 군대로 떠날 사람이란 것을 암시하듯 그의 표정은 가득 긴장으로 굳어져 있었다.

나는 여자친구 대신 아버지 손을 꼬옥 잡고 있었다. 마치 초등학교 입학식 때 엄마 손을 잡고 학교에 갔던 느낌이었다. 입대 얼마 전에 부모님은 합의 이혼을 하셨다. 아버지께서는 부모님의 이혼이 나의 군대 생활에 어떤 나쁜 영향을 끼칠까 은근 걱정을 하고 계신 듯하였다.

의정부행 열차에 내려 버스를 몇 번 갈아타고 의정부 306보충대 근처로 갔다. 그곳에 미리 도착해 나를 기다리던 후배와 선배 대여섯이 나를 반겨 주었다.

선배는 "군대 가기 전 의정부 부대찌개는 반드시 먹어야 해"라며 부대 인근 식당으로 안내했다. 이른 시간 서둘러 출발했던지라 다들 밥공기가 두세 그릇 입으로 들어가는데 나는 밥은 커녕 물도 한방울 넘기기 어려웠다.

점점 들어갈 시간이 다가올 때마다 가슴이 타 들어갔다. "내가 가야하는 저곳은 대체 어디지?" 식당 밖을 나왔을 때 선선한 가을 바람이 머리 위를 스쳤다.

이제 곧 들어갈 시간이 되어 나와 비슷한 또래의 많은 사람들이 입대를 위해 하나 둘 모여들었고 가족과 친구들에게 작별을 고하며 부둥켜 안는 광경이 연출되었다. 어느덧 나의 일행들도 나에게 작별인사를 하는 것이 아닌가.

그런데 "이거 실화냐?" "나 진짜 들어가는거야?"

씩씩하게 앞으로 걸어나가는 젊은이들의 뒷모습이 하나 둘 늘어나기 시작했을 때 이제 나의 차례가 왔구나 하는 생각이 들었다.

눈시울 붉어진 아버지와 친구, 선배의 눈동자를 정면으로 마주하기 어려웠기에 빨리 등을 돌려 20미터 정도를 달렸다. 그리고 뒤를 돌아 힘차게 손을 흔들며 "걱정 마! 다시 돌아올게"라며 외쳤다.

언제나 강해보이던 철인28호 같은 아빠가 손수건으로 자신의 눈물을 훔치니 마음이 더욱 아파왔다.

입대장병 무리속으로 함께 걸어가다 군대 조교의 통제에 맞춰 대열에 합류했다.

"앉아! 일어서!" "뒤로 돌아. 좌향좌. 우향우"

조교들의 구호에 맞춰 로봇처럼 이리저리 정신없이 움직였다. 갓 유치원에 들어온 어린이들처럼 우왕좌왕 거렸다. 낯선 환경이 조금 무서웠다.

그리고 어디론가 떼거리로 이동시켜 전투복을 분배하기 시작했고 옷이 맞든 안 맞든 대충 눈짐작으로 옷을 마구 던졌다. 일단 입고 보자며 받은 옷을 가슴에 끌어담아 큰 가방 하나에 쑤셔 박은 뒤 다시

이동하기 바빴다.

마지막 코스는 내무반이었다.

"전부 엎드려 뻗쳐!" 화가 잔뜩 난 조교가 나와 다른 입영병사들에게 주먹을 꽉 쥔 상태로 바닥에 엎드려있게 했다.

"이 자식들 동작 봐라, 신속하게 옷을 환복하고 5분 내 연병장으로 집결한다"

"예. 알겠습니다"

말이 끝나기 무섭게 전부 빛의 속도로 전투복을 갈아입고 전투화를 동여매기 시작했다. 나는 너무 느려터져 그들처럼 빨리 옷을 갈아입지 못했다. 거기다 입대하며 입은 옷은 쫄청바지에 윗옷은 초가을인데도 불구하고 몇 겹을 입었던 터라 스스로 어찌할 바를 몰랐다.

"아..전투복과 전투화는 어떻게 입고 신는 거지?", "끈은 어떻게 묶는 거지?" 누구도 전투복과 전투화 신는 법을 가르쳐 주는 사람이 없었다. "젠장..어제 이거 입는 법이나 연구하고 들어 올 것을.." 낑낑대며 전투화와 전투복을 겨우 입고 밖으로 뛰어 나가니 이미 지각한 전우들이 사막같은 땅바닥에서 먼지를 일으키며 기어다니고 있었다.

구호가 떨어지기 무섭게 사람들이 달려나가기 시작했을 때 난 아차 싶었다. 모두 얼차려를 받기 위해 대학을 다니며 사전에 연습한 사람들처럼 말귀를 잘 알아들었다.

무엇을 했는지조차 기억나지 않을 만큼 무언가를 많이 했다.

저녁이 되자 그래도 사람대접 좀 해주나 싶었는지 식당 앞으로 모이게 했다.

긴 줄을 선 채로 군가를 가르치는 조교가 5분 간격으로 호각을 불며 식사의 시작과 종료를 알렸다. "즉시 5분 내로 먹어라" 이 짧은 조교의 한마디가 참 인정머리 없게 느껴졌다.

"다음 조 입장해라"란 말이 떨어지기 무섭게 식판에 허겁지겁 밥과 반찬을 올려놓고 성급히 자릴 잡았다. 1분이 지났고 수저를 들기 직전 별로 감사하진 않았지만 "감사히 먹겠습니다"라고 한번 외친 후 허기진 배를 달래기 위해 밥을 입에 떠 넣었다. '이게 짬밥이라는 군대 밥이구나'란 생각도 잠시 "수저 내려놔!"란 우렁찬 소리와 함께 "쉬어! 충성 ! 1보충대 식사중"이라며 조교가 누군가 왔다는 신호를 알렸다. 306보충대 대대장이었다. 나는 속으로 "하필이면 밥 처먹을 때 들어오는 거야"며 눈앞의 밥과 반찬만 뚫어지게 바라보았다. 그리고 입대전 먹었던 부대찌개를 떠올리며 "아~그걸 먹고 오는 것인데.." 음식을 남겼던 아쉬운 기억이 계속 떠올랐다.

그때 대대장이 성큼성큼 내 앞으로 오더니 어깨에 손을 얹으며 "어때 밥이 먹을만 한가?"라고 물었다.

대대장 뒤에 선 조교는 크게 눈을 깜빡거리며 내게 대답하라고 요구하는 듯 했다.

아직 군대란 곳에 적응이 덜된 나는 '지금 내게 질문을 한 것인

가? 의아해 하며 아주 씩씩하게 밥풀을 튀기며 대답했다.

"훈련병 장정법! 밥 먹을 시간 좀 주십시오! 2분 남았습니다"

백골부대

대학교 합격발표가 있던 그날처럼 내가 가야할 부대를 배치 받는 날이었다.

"하나님, 부디 백골부대만 안가게 해주세요"라며 기도를 드렸다.

자대 가기 전 몇몇 메이커 사단에 잘못 가면 추위와 기아에 허덕이다 개고생한다는 뜬소문이 떠돌았기에 이왕 군 생활하는 거라면 편한 곳으로 가야 한다는 믿음이 저마다 확고했다.

그때 조교가 들어와 한명씩 호명하며 부대배정 결과를 발표하였다.

조춘연 5사단(열쇠), 정석현 1사단(전진), 최진찬 25사단(비룡)....저마다 환호하며 다행이다라는 표정을 지었다. 드디어 내 차례다.(두근두근)

장정법 3사단(백골)...그리고 조교가 한마디 더 거들어 "고생 좀 하겠네"라며 옅은 미소를 지었다.

주위 여러 전우들이 내게 몰려들었다. "어떡하냐? 너 백골부대래" "큰일 났구나" 자신들은 천국행 티켓을 받고 나는 지옥행 티켓을 받은거 마냥 그들은 즐거워했다.

머릿속은 온통 해골바가지 생각만 맴돌았다. "어떻게든 되겠지"하며 자신을 위로했다.

몇시간 지나 자대를 배치받은 장병들은 해당 부대에서 자신을 데리러 오기만을 기다렸다.

각 부대 버스가 도착하면 저마다 자신의 더블 백을 덥석 매고 차량에 타 금새 사라지며 낯익은 얼굴이 창가로 손을 흔든다. 떠나는 사람들 얼굴에 왠지 모를 슬픔이 비춰 보였다.

백골부대는 예쁜 이름만큼이나 제일 늦게 왔다. 그것도 다른 부대처럼 버스가 온 것이 아니고 육공 트럭 한 대가 왔다. 나 말고도 8명이 백골부대로 자대 배치를 받았다.

덜컹이는 육공트럭의 뒷칸에 앉아 서로 멀뚱하게 바라보고만 있었다.

마치 내 자신이 붙잡혀 가는 가축처럼 느껴지며 서글퍼졌다.

덜컹거리는 차량 때문에 멀미가 나올 지경이었고 의정부에서 철원까지 가는 길은 더욱 멀게만 느껴졌다.

긴 시간 엉덩이가 아파 결국 앉아서 가지 못하고 차가운 뒷좌석 쇠철판 바닥에 누워 하늘을 바라보았다.

그때 "백골부대다"라며 한 병사가 손가락으로 가르쳤다. 커다란 해골바가지...

여긴 밀로만 듣던 철원 '백골부대' 였다.

우리 트럭은 더욱 빠르게 달리기 시작하여 '백골 신병교육대(줄여서 '신교대')에 도착했다.

멀리 6명의 조교와 중대장 대위가 연병장에서 우리를 기다리고 서 있었으며 어디선가 트럭들이 1대, 2대, 3대 그리고 더 많이 모이고 모이더니 70~80여 명의 장병들이 한꺼번에 우루루 쏟아져 내렸다.

　　검은색 반질거리는 헬멧을 눌러 쓴 조교는 까칠해 보였다. 그들은 서둘러 하차하라며 재촉하듯 소릴 질러댔다.

　　배가 불룩 튀어나온 저팔계처럼 뚱뚱한 대위 한명이 조교들 뒤에 팔짱을 낀 채 서있었다.

　　"주목! 이제 여러분은 자랑스런 백골 용사가 되기 위해 여기에 모였다. 이곳은 북한군이 가장 두려워하는 육군 최고의 보병사단이다. 무사히 신병교육을 수료하기 바란다. 이상"이라며 저팔계 대위의 말씀이 끝났다. 그가 사라지자 예상했던 것처럼 조교들은 굶주린 늑대처럼 달려들었다.

　　"빨리 뛰어..이 새끼야" 한 병사의 정강이에 발길질을 했다. 그것을 본 순간 "정신 바짝 차리자" 두눈에 바짝 힘을 주었다. 정신없이 뛰어 다니며 하라는 대로 다했다.

　　보충대에 비해 100배 이상의 정신적 스트레스를 받았다.

　　조교들은 바늘과 실을 나눠주며 전투복에 사단마크와 번호표를 달게 했다.

　　"아..엄마에게 바느질 좀 배워 올 것을.." 바느질에 서툰 병사들은 바늘에 손이 찔려 벌집투성이가 되도록 집중했다.

모두 엉성하게 명찰을 꿰매 달고서 어디론가 급히 향했다.

드디어 군사훈련 첫 시간, 총 한자루 쥐어 들고 연병장으로 모였다.

"찔러! 때려! 획획~" 조교의 총검술 동작은 마치 춤추는 사무라이 같았고 총검술 배우는 시간은 겨우 10분, 얼차려가 30분이었다.

조교는 작은 실수라도 무조건 트집을 잡아냈고 선착순 뺑뺑이를 돌다 온 힘이 빠져 버렸다.

도대체 하루가 어떻게 지나갔는지 이해가 되질 않았다.

어느덧 저녁시간이 되어 식당 앞에 섰다. 오늘 메뉴는 처음 먹어보는 '전투식량' 이었다.

보충대만큼이나 그냥 밥을 주는 법이 없었다. 수차례 군가와 구호를 외친 후에야 입장 할수 있었다.

남들이 하는 그대로 전투식량에 물을 부어 자리에 앉았다. 조교들이 밥이 익기도 전에 빨리 먹으라고 소리를 질러대니 나 역시 생쌀 비슷한 밥을 대충 비벼 입에 구겨 넣었다.

아무리 맛없는 밥일지라도 전투식량처럼 생쌀에 라면스프를 뿌려 놓은 음식은 내게 맞질 않았다.

거기다 난 음식을 아주 느리게 먹는 습관이 있다보니 남들 3번 뜰 때 한번 반 밖에 뜰 수 없었다.

그때 마침 우리가 처음 육공트럭에서 내릴 때 가장 무섭게 신병들

을 다그쳤던 조교가 등장했다.

"이 새끼들아 ! 빨리 안쳐먹어. 야간훈련 안 할 거야 !" 그의 소리가 식당 안에 쩌렁쩌렁 울렸다.

더욱 사납게 의자를 발로 걷어 차고 자기 앞에 밥을 먹는 병사의 전투식량 봉지를 뺏어 던지는 등 참으로 난폭했다.

조교는 분을 참지 못한 나머지 앞에 있던 플라스틱 의자 하나를 집어 나에게 던졌다.

이제 겨우 밥을 떠 수저를 입에 넣고 눈을 지긋이 감는 순간 "퍽"하는 느낌과 함께 뒷통수에 강한 충격을 느꼈다. 의자에 머리를 맞고 입에 겨우 넣었던 음식물이 쏟아져 나왔다.

그 광경을 본 다른 신병들도 재빨리 식사를 중단하고 자릴 이탈했다.

나는 뒷머리를 왼손으로 부여잡고 식당을 빠져 나왔다. 뒤통수에 큰 혹이 불룩하게 튀어 나와 있었다. (그나마 머리가 돌머리여서 "살았다"라고 생각했다.) 그 사건 후 20년이 지난 지금도 나는 전투식량을 좋아하지 않는다. 아니 전혀 먹고 싶지 않다. 전투식량을 먹는 날이면 이상하게 아프다. 마음도 아프고 몸도 아프다.

훈련으로 지급 받는 전투식량은 배고파 보이는 병사에게 하나 더 준다. "난 전투식량 못 먹어. 너 하나 더 먹어"라고 하면서 말이다.

그날 신교대 야간훈련이 끝나고 고된 몸을 딱딱한 침상에 뉘였다.

생활관에 30명의 병사들이 성냥개비처럼 반듯이 누워 어떤 움직임도 없이 천장을 바라보다 눈을 감았다.

내 옆에 한 병사가 살짝 흐느끼기 시작했다. 그리고 그 옆에 병사도 흐느꼈다.

생활관의 어둠속에 누운 모든 병사들이 다 훌쩍였다.

나도 역시 눈물이 주루룩 흐르며 부모님 생각을 했다. 그리고 훈련 중 쓰레기통에서 몰래 주워 숨겨온 건빵 8개를 베게 뒤에서 살며시 꺼내 입에 넣고 건빵을 녹였다. 살살 녹는 달콤한 건빵과 함께 눈물은 더 많이 흘러내려 베개를 축축하게 만들었다.

"그대는 눈물 젖은 건빵을 먹어 보았는가"라고 화장실 벽면에 쓰여 있던 글에 대해 깊은 공감을 하였다.

"정법아, 일어나! 어서 학교 늦겠다." 귀찮게 깨웠던 엄마 잔소리가 그리운 아침이 오길 바라며 생활관 신병들은 고요히 잠들었다.

이들은 어떤 꿈을 꾸며 어떤 곳으로 향해 가고 있는 것일까?

A급 보호/관심병사

한 달여간 신병교육대 생활도 어느덧 적응이 되어갔다.

어느 환경에 처해져 있든 적응해 나가는 것이 인간이라는 것을 나는 몸소 실천하였고, 잘 버틴 나에게 스스로 박수를 보내곤 하였다.

그러던 중 "훈련병 집합!"이라는 방송과 함께 강당으로 모두 모였다.

 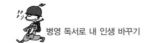

강당의 앞줄에는 크고 잘생긴 장병 3명과 중위장교가 버티고 서있었다.

"여러분 우리는 백골부대 수색대대에서 왔습니다. 여러분 중 수색대대를 희망하는 인원을 모집하러 왔으니 희망하는 사람은 일어나 뒤로 나와 주십시오!"라며 잘생긴 수색대대 병장이 말했다.

그때 많은 훈련병들이 웅성대며 서로를 바라보았다. "수색대대가 뭡니까?"라고 용기내어 한 훈련병이 질문했다. "수색대대는 DMZ를 드나들며 적의 동태를 살피는 보병사단의 특수 정예부대입니다."라는 짧은 설명과 그들의 옷에 붙여진 낙하산 모양 공수마크, 까만 명찰에 쓰여진 네글자 민정경찰, 손바닥 만한 패치에 그려진 박쥐가 멋있게 가슴 한구석을 장식하고 있는 것이 보였다.

'그래, 남자라면 특수부대는 꼭 한번 경험해봐야지 저들처럼 되고 싶다' 더 이상 말이 필요없었다.

가장 먼저 자리에서 일어나 뒤로 이동했다. 다른 동료들도 하나둘 내 뒤에 섰다.

즉석 면접이 시작되었고 지원서를 보던 부사관 한명이 "너는 잠시 좌측으로 빠져있어" 라고 말했다.

훈련병 10명이 면접을 마치고 그들은 다시 나를 불렀다.

부사관은 나를 위, 아래로 나를 훑어보며 고개를 갸우뚱거렸다.

"혹시 제게 무슨 문제라도 있습니까?" 라고 먼저 말문을 열었다.

부사관과 중위장교는 한참 내 신상기록을 읽어보고 입을 열었다.

"장정법 이병 부모님은 이혼하셨네?", "왜? 이혼하셨지?"라며 동시에 연달아 질문을 했다.

"사업실패 때문이라 생각되지만 제가 입대 직전에 생긴 것이라 잘은 모르겠습니다."

"장정법 이병 미안하다. 우리 부대는 관심병사는 받질 않아"

"관..관심병사요?"

더 이상 변명하기 싫었다. 그리고 거수경례를 하고 내 자리로 다시 천천히 돌아왔다.

그때 알았다. 내가 보호 및 관심병사라는 것을...

언제 어디서나 사고의 우려가 있는 감시 대상이며 따뜻한 보호를 받는 소중한 존재가 되었다.

그후 첫 자대로 배치를 받았다. 분명 소총수 직책을 받는데 막상 부대로 가니 취사병 직책을 수행하라는 것이다.

매우 청결하지 못한 취사장으로 들어가 테이블 위에 놓여진 넓적한 칼을 바라보았다. 마치 중국 식당 주방장이 야채를 썰던 그 칼인 듯 하였다. 누군가 뒤에서 머리를 툭 하고 쳤다.

"그거 니 칼이다. 오늘 새로온 취사병이지?" 마치 슈렉처럼 뚱뚱하고 못생긴 상병이 나를 바라보며 웃고 있었다. "너는 이등병이니까 김치와 야채부터 썰어라"며 칼 쥐는 방법과 배추 포기를 내려치는 기술을 전수하였다. 그로부터 며칠간 배추김치를 내려치며 박스에 잘 려나간 김치를 담았다.

3일이 지나 부식창고 뒤에서 슈렉 상병이 부사관으로부터 혼나고 있는 것을 보았다.

그 이유인즉 보호 및 관심병사에게 칼을 주었다는 것이다. 겨우 힘 겹게 적응해서 칼 다루는 달인이 되었건만 축 처진 어깨를 하고 돌아 온 슈렉 상병이 내게 큰 삽 한자루를 쥐어 주며 말했다. "넌 이 삽으 로 저 큰 가마솥 찌개나 저어라"며 슈렉은 내게서 넓적한 칼을 빼앗 아 갔다.

나는 찌개를 끓이고 간을 보는 임무를 맡아 가마솥에 삽을 넣고 휘 휘 젓기 시작했다.

밥을 먹으러 오는 병사들이 "오늘 찌개 맛있네" 라고 흐뭇한 표정 을 지을 때면 취사병으로 오길 잘했구나하는 자부심이 들었다.

저녁밥을 차리고 늦은 시간 돌아온 생활관은 낯설었다. 슈렉 상병 은 다른 부대 사람이라 일이 끝나면 돌아갔고 나 역시 아는 사람도 별로 없는 여기로 돌아올 때마다 씻고 자리에 눕는 것이 전부였다.

군대에서 나를 기다리는 것은 언제나 간부들 이었다. 간부들은 면 담을 통해 내게 있을 만일의 사고에 대비하고자 틈나는 대로 면담을 했고 결과를 면담 일지에 작성하곤 했다.

늘 면담때 마다 물어보는 질문은 "힘들지? 힘들지 않냐?"였다.

그때마다 "힘듭니다"라고 말을 하면 간부들은 눈을 동그랗게 뜨며 "힘들어? 어떻게 힘든데?"라며 내가 정말 힘들어하길 바라는 사람들 같았다. 면담 일지에 뭔가 쓰긴 써야 하는데 내가 말이라도 없으면 엄청 답답해하는 표정이었다. 그래서 면담 일지 스토리라도 만들어 줄까 하는 생각에 엉뚱한 심경의 말을 던져주기도 했다.

새벽 4시가 되면 취사장의 가마솥에 불을 붙이는 화부 작업을 해야 해서 항상 나는 제일 일찍 취사장으로 가서 화부에 불을 붙이는 작업을 했다.

여느 때처럼 화부에 불을 붙이고 야채를 다듬고 있었다. 이 새벽에 매우 높으신분께서 누군가의 수행을 받아 들어왔다. "백골! 취사장 근무 중 이상무!" 신교대에서 배운대로 경례를 했다.

연대장(대령)의 부대 순찰이었다. 그때 연대장은 취사장에 이등병이 혼자 있다는 것에 매우 불쾌해했다.

그리고 가마솥 화부에 불이 붙은 것을 보며 "이 화부에 불은 누가 지폈는가?" 라고 물었다.

"이병 장정법, 제가 붙였습니다"라고 씩씩하게 대답했다.

연대장은 내 머릴 쓰담고는 수행했던 간부와 문밖을 나섰다. 그런데 문밖에서 호통을 치며 수행 간부를 다그치는 것이 아닌가. "취사장에 관심 병사를 혼자 두고 그것도 모자라 화부에 불 붙이는 임무를 저 녀석에게 주다니! 한심한 놈들 다른 취사병은 다 어딨어? 그놈들

하고 너하고 군장 돌아" 라는 소리가 들렸다.

얼어붙은 연병장에 무거운 군장을 둘러 맨 부사관 한명과 선임 취사병 2명이 뛰고 있었다.

몇시간 뒤 슈렉 상병은 취사장 입구로 돌아와서 신경질적으로 군장을 내던지며 화풀이를 해댔다. "니미 그럼 좋은 애를 보내던가 자기들이 관심병사 보내가지고 취사를 할 수 없게 하고 우리 보고 어쩌라는 거야?" 라며 짜증스런 말투를 던졌다. 나는 군장을 일으켜 세우며 "죄송합니다" 하며 고개를 숙였다.

그 이후로 같은 취사병이라도 나는 칼도 잡지 못하고 가스불을 켜지도 못했다. 간부들이 먹은 식판만 닦는 설거지만 했다.

저녁식사를 모두 마치고 내무반으로 복귀하여 TV를 보는 선임병들 뒤로 가서 그 당시 최고의 걸그룹 베이비복스의 무대를 시청했다. "아..누구야? 씨발 짬냄새..이등병 너 저리 꺼지던가 가서 씻어! 짬냄새 졸라나"라며 자신들과 가까이 하길 거부했다. 지금 생각해보니 그 친구들은 컴퓨터 보고서 작성을 전문으로 하는 행정병들이라 나와 조금 다른 세상에 살았다.

항상 그 친구들은 몸에선 향긋한 스킨 냄새가 났고 피부는 반질반질 윤기가 나며 같은 군복을 입어도 귀공자 같은 분위기였다.

점호를 마치자 여전히 간부 호출이 있었고 매일 똑같은 면담이 이젠 지긋지긋 했다.

"요즘 힘드니?" 여느 때처럼 답변하고 싶지 않았다. "아니요.. 진짜 너무 짜증나고 미칠 것 같고 죽고 싶을 만큼 괴롭습니다. 왜 저 때문에 다들 이렇게 힘들어야 합니까?" 작정하고 핵 폭탄급 답변을 하였다.

할 말은 해야겠다는 생각이 들었고 일부러 관심 병사처럼 만들어 가는 분위기도 진절머리 날 정도였다. 마치 지명 수배자가 경찰에 자수하여 취조 당하는 상황같은 분위기였다.

아침이 오기 무섭게 다단계로 간부들의 호출을 받았다.

면담을 마치고 중위였던 소대장이 내게 노란색 봉투에 담긴 면담철을 건네주며 "이거 중대장님께 그대로 전해줘. 절대 보면 안된다." 라며 당부했다. 중대장실로 가는길 나는 화장실에 들어가 봉투를 열었다. 그리고 그들이 써놓은 글을 보았다. "부모 이혼에 따른 자기 비관 및 자살 징후, 복무 부적응"이라는 자신들의 결론을 단정 지었다. 면담 철에 내 일상의 일거수일투족이 기록되어 있었고 누구와 대화를 하면 마치 미화시켜 부적응해 가는 모습으로 비춰지게 작성되었다.

"이 사람들이 지금 영화 시나리오를 만들고 있구나" 하는 황당한 상상이 들었다.

갑자기 나를 밀착하여 함께 다니는 병사도 생겼다. 마치 비서가 생긴 것처럼 24시간 나를 따라다녔다.

지겹도록 면담을 거치고 거쳐 가장 높은 대빵에게까지 왔다. 그는

연대장이었다.

머리 위 큰 무궁화처럼 생긴 은색 계급장 3개가 뻔쩍거렸고 살짝 두려웠다. 하지만 그도 역시 똑같은 질문을 하였다. "장 이병 많이 힘들지? 연대장이 도와줄게 뭐가 있을까?"라며 먼저 입을 열었다.

다들 똑같은 스타일에 똑같은 질문... 그들에게 진정 하고 싶은 말을 해서는 안된다는 진리를 알고 있었지만 그들이 진정 원했던 대답을 망설임 없이 내뱉었다.

"연대장님! 취사병 정말 못하겠습니다. 다른 곳으로 보내 주십시오 !"

비로소 나 장정법은 'A급' 에서 '특급 관심병사' 로 초고속 승진을 하였다.

대대장님의 귀를 자른 사건

"제가 가고 싶은 곳은 평범한 병사들이 있는 전투현장으로 가고 싶습니다."

"그리고 총을 들고 뛰며 싸우고 훈련받고 싶습니다"

연대장은 나의 얼굴을 유심히 바라보더니 부하에게 전화를 걸어 내가 갈 부대를 성급하게 정한 듯 했다.

"장 이병! 네가 희망하는 곳으로 보내주겠다. 그곳에서 다시 시작해봐"

그들에게 나는 폭탄이라 생각되었을 것이므로 내 거취도 단숨에 결정되었다.

나의 첫부대 배치는 이렇게 엇갈림으로 다시 시작하게 되었다.

육공트럭 뒤칸에 앉아 일주일 전 받은 친구들 편지를 그제서야 읽고 흐뭇하였다.

멀찌감치 산자락 끝으로 부대 하나가 눈에 들어왔다.

"이곳이 내가 살 곳이구나" 왠지 모르게 들뜨며 기뻤다.

더블 백을 짊어매고 들어선 부대 막사는 신식 막사로 사람이 살기에 매우 좋아보였다. 그리고 곧장 대대장과 면담을 하였다.

대대장은 털털하고 마음씨가 좋아 보였다. 그는 나의 신상기록을 훑어보면서도 다른 사람들과 전혀 다르게 표정의 변화가 없었다.

단지 내가 겪고 있는 치질에 대해 관심을 갖고 치료하자는 의도의 말을 자주 해주었다.

그리고 중대장실로 향했다.

중대장은 얼굴이 매우 잘생기고 키가 훤칠하며 눈동자가 맑고 투명했다. 그는 육사를 졸업한 엘리트 장교였으며 지금으로 말하면 "태양의 후예 유시진 대위"와 같은 사람이었다. 그의 책상에 놓인 명패를 유심히 보았다. '박종인 대위' 그는 정말 따뜻하고 멋진 군인이었으며 나의 롤모델 되어주었다. 그의 리더십은 내가 본 군인 중 최고였다.

중대장은 내게 인간적인 신뢰와 믿음을 주었다. "저분 밑에서는 싸

우다 죽어도 원이 없겠구나"하는 마음이 들었다. 중대장과 마지막 면담을 마치고 소대를 배치 받았다. 맡은 직책은 이발병이었다.

첫 지급받은 하얀 이발 가운을 입으니 마치 의사처럼 멋져 보였다.

날이 선 연장은 살짝만 건드려도 살이 베일 정도의 새 가위였다.

가위질을 시작하고 내무실 선임들은 어쩔 수 없이 내게 머리를 갖다 대었다.

머릴 만지다 서로 거울에 눈이 마주쳤다. "머리 좀 이쁘게 잘라줘, 나 다음주 휴가야"라며 강병장이 간절한 표정으로 부탁했다. "예..알 겠습니다. 원하시는 모양대로 예쁘게 자르겠습니다"라며 대답했지만 원하든 원치않던 스포츠형 스타일로 밀어 주었다. 그는 매우 기뻐하며 거울보며 말했다. "와! 멋진데..."라며 기분이 좋아 보였다.

몇주가 지나고 기다리던 주말이 왔다. 하얀 가운을 입고 이발소로 향하니 벌써 줄을 서 기다리는 병사들이 한가득이라 서둘러야 할 것 같았다.

손님들은 이발 가위소리 박자에 맞춰 살짝 잠이 들었다. 이들의 얼굴에 언제나 고단했던 어제와 오늘이 새겨져 있었다.

늦은 오후 당직 사령이 나를 찾아 들어왔다. "여기 깍새(이발병)중 장일병 이라고 있다던데...누구지?"

"예..접니다만 무슨 일이십니까?" 갑작스런 장교의 방문에 놀라 벌떡 일어섰다.

"네가 이발을 그렇게 잘 한다고 소문이 나서 대대장님이 조금 뒤 네게 이발을 받으실 예정이야. 21시에 오시니까 준비 좀 해라"

우선 "예..알겠습니다" 라고 떨리는 목소리로 대답했다.

큰일이었다. 대대장 헤어스타일은 병사들처럼 스포츠형 빡빡머리 가 아니고 7:3 가르마를 정확히 가로질러 숱이 많은 멋쟁이 스타일 아니던가?

"그래, 이번 기회에 대대장 이발을 통해 더욱 인정받을 수 있을지 도 몰라 해보자" 자신을 응원하며 연장과 가운을 챙겨 간부이발소로 이동했다.

생각해 보니 품위있는 장교는 음악이 필요할 것 같아 드보르작 교향곡을 잔잔히 흐르게 하여 이발소 분위기를 안정적으로 만들었 다.

그리고 면도를 위한 비누거품과 뜨거운 수건을 열탕에 담가 준비 에 박차를 가했다.

21시가 조금 지나 대대장이 이발소로 들어왔다. 그는 하얀색 츄리 닝을 위아래로 깔맞춰 입고 이발 의자에 앉았다.

"자네가 그 유명한 4중대 가위손인가?"

"가위손이라니요. 아직 미숙한게 많습니다"

"그래 한번 멋지게 이발해주게"

그는 자신의 풍성한 머리를 내게 맡겼고 나는 지긋이 눈을 감은 그

의 얼굴을 바라보며 가위질을 시작했다.

가위에 머리카락이 사각사각 잘려나가는 소리는 어느 누구든 졸음이 올만큼 평온하다.

대대장은 꾸벅꾸벅 졸고 있다 한번씩 눈을 떠 자신의 이발 상태를 눈짐작해 확인했다.

그런데 뭔가 잘못된 것이다. 너무 긴장한 탓에 손에 그만 쥐가 나 손가락 세 개가 움직이지 않았다. 가위에서 손가락을 빼내는 찰나 예리한 가위의 양날이 서로 접히며 대대장의 귓불 근처를 살짝 건드렸다.

대대장 귀에서 한 방울 두 방울 떨어지는 붉은 피는 금새 하얀 가운을 붉게 물들었다.

날이 바짝 선 가윗날이 그의 귀불을 살짝 베어버린 것이었다.

그제서야 눈을 살짝 뜬 대대장과 나는 서로 입을 쩌억 벌린 채 거울 속 자신을 뚫어지게 쳐다보고 있었다.

벌떡 자리에서 일어선 그는 "으아악..이게 대체 뭐야" 대대장은 놀란 나머지 피나는 귀를 부여잡고 "군의관 ! 군의관 !"을 외치며 곧장 뛰쳐 나갔다.

나는 피가 흥건하게 적셔진 가위를 오른손에 들고 부들부들 떨며 제자리에 서있었다.

그때 흐르던 '드보르작 신세계 교향곡'은 내 귀에 더없이 웅장하게 들려왔다.

(이후 대대장은 귀에 큰 붕대를 감고 다녔고 본 사건은 '관심병사의 대대장 시해사건'으로 지금도 백골부대 병사들 사이에 널리 전해 내려 오고 있다.)

수감번호 341번

"수감번호 341번 미결수 앞으로"

"죄명 비무장 탈영, 341번 미결수는 영창 15일에 처함. 꽝꽝꽝"

어느날 세글자 이름과 그나마 살아왔던 흔적의 계급장마저 사라지는 일이 내게 생겼다.

긴 겨울이 지나고 파릇파릇 새싹이 힘겹게 대지가 차오르는 계절이었다.

봄 햇살을 맞으며 휴가를 떠나는 청춘 장병들 표정은 한없이 설레어 보였고 나 역시 그들과 같은 심정으로 철원 시외버스 터미널에서 서울로 향하는 버스를 기다리고 있었다.

터미널은 밀리터리 패션쇼의 무대처럼 잔뜩 멋을 부린 병사들로 가득이었다.

야전상의 다림질이 손에 베일 듯 칼처럼 반듯하고 전투화에선 후임병들의 장인 정신이 느껴질 만큼 반짝이는 광채가 나고 있었다.

 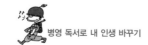

모두의 시선은 잘 다려진 군복과 광나는 전투화에 초점이 맞춰져 있고 그 차림새를 통해 경륜이 묻어나는 짬밥의 존재를 추측해 낼 수 있는 것이다.

휴가 생각에 쪽잠 마저 설쳤고 몇일간의 야간근무는 피로를 더욱 가중시켰다.

쇼윈도에 비친 내 모습은 다른 병사들에 비해 초라하고 준비 안 된 모습이었고, 꾀죄죄한 전투복 주머니에 담배 한 갑, 3만원이 전부였다.

버스를 타고 철원을 빠져나가는 순간 '자유'라는 느낌을 온몸으로 느끼며 버스 창에는 미소 띈 내 얼굴이 살짝살짝 내리 비추고 있었다.

진정한 자유를 어디서 어떻게 느껴보았는가? 이것이 내 인생에 가장 행복한 자유를 느끼는 순간이었으니 버스로 달리는 내내 가슴이 설레었다.

2시간을 덜컹거리며 달리는 고물 버스 안에서 세상 모르고 잠을 잤더니 어제의 피로는 온데간데 없고 힘이 팔팔하게 넘쳤다.

집에 도착한 뒤 시계바늘은 정신없이 돌아가기 바빴다. 나는 시간과의 싸움을 시작하였고, 오랜만에 만나는 친구와 술자리를 하며 이 밤이 영원하길 간절히 바랬다.

그렇게 의미없는 며칠을 보내고 나서야 내일이 벌써 휴가 복귀라는 종말이 왔다는 걸 알게 되었다. 심장이 터질 듯한 휴가 복귀에 대한 걱정 근심은 계속되어갔고 온통 꼴 보기 싫은 임병장과 황상병의 환상만이 눈앞을 왔다갔다 하였다.

하지만 국방부 시계는 여전히 바쁘게 돌아갔다.

나는 동서울 터미널에서 철원으로 향하는 버스표를 끊고 버스를 기다리는 군인들 사이에 앉아 축처진 어깨를 하고 멍하니 지나가는 사람들을 바라보았다.

편의점에서 차가운 캔 콜라를 하나 집어들고 허름한 강원도행 버스에 올랐다.

그리고 잠시 눈을 붙이다 달리는 버스의 창가를 다시 멍하니 바라보았다.

창가에 비친 야경은 그냥 까만 우주 터널을 무작정 달리는 은하열차 같았다.

버스가 지나다 헌병 검문소에 잠시 정차하였다. 버스에 올라탄 헌병이 "잠시 검문 있겠습니다"며 매우 정중한 행동으로 버스 내부를 한번 훑어보고서 "검문에 응해 주셔서 대단히 감사합니다"하고 버스에서 내렸다.

"분명 검문소가 없었는데?" 하는 의문을 하며 고개를 갸우뚱 하던 차 옆 좌석 한 장병이 자신의 짐에서 무엇을 꺼내기 위해 일어섰다.

난 무엇을 본 것일까? 두눈을 몇 번 비벼대었다.

그 병사의 좌측어깨에 부착된 부대마크는 분명 내가 속한 '백골부

대' 가 아닌 '이기자 부대' 였다.

내 앞사람도 뒷사람도 그리고 맨 뒤에서 코를 골며 자는 병사들도 모두 나와 같은 부대가 아닌 타 부대 병사들이다. 버스를 잘못 탔다는 생각에 놀란 강아지 마냥 벌떡 그 자리에서 일어섰다.

내 옆에서 나를 지켜보던 아주머니가 "군인 아저씨, 아직 춘천까지 가려면 1시간은 더 가야해요"라며 내 팔을 살짝 잡아 자리에 앉혔다.

나는 지금 부대의 반대 방향으로 내 달리고 있었다.

심장소리가 밖으로 들릴 것만 같았다.

춘천에 도착했을 때 이미 복귀 시간까지 촉박해졌고 초조하게 발을 동동거리며 터미널 주변을 서성이다 결국 돌아가길 거부하는 선택을 하였다.

"이대로 복귀해봐야 고참들에게 밤새 혼날 것이 뻔하지"

"다시 자유를 주는거야"

지나가던 택시를 잡아탔다. 떨리는 목소리를 진정시키며 "강원대학교 후문으로 가주세요"라고 말하며 스치는 창밖의 불빛을 겁 없이 바라보았다.

택시기사는 별 의심없이 "군인 아저씨 휴가 나오셨네"라며 반가이 맞아주었지만 난 이미 그 말을 받아낼 웃음을 잃은 상태였다.

강원대학교 주변 번화가는 네온사인이 화려하게 빛났다. 그 사이를 걸어가는데 왠지 모를 공포심과 두려움이 밀려왔다.

"도대체 내가 무엇을 하는것이지?", "이제 어디로 가야하는거지?"

방황하며 걷는 내게 사람들 시선은 나를 범죄자로 바라보는 것만 같았고 나를 당장 신고할 것만 같은 상상이 더해졌다.

이제 더 이상 갈곳도 찾아갈 사람도 없었다. 그러다 생각해 낸 것이 미국에서 잠시 유학을 온 한국계 미국인 후배가 생각이 났다. 난 곧바로 후배가 살고 있는 아파트로 갔다.

"띵동" 몇 번 벨을 누르고 한참 서성였다.

후배가 문을 열더니 "형, 이 시간 여긴 어떻게? 휴가 나왔어요?"

"어..휴가 나왔어 경재야 너 보고싶어서...왔어"

후배 집으로 들어온 내게 먹을 것을 꺼내 주며 말 없는 나를 물끄러미 바라보았다.

"형 표정이 어두워요.", "무슨 일 있어요? 형 답지 않아요."라며 서툰 한국말로 물었다.

한참이 지나 "경재야! 너 나 믿지? 나 탈영했다 잠시만 숨겨줘라" 이 말을 들은 후배는 할 말을 잃었다는 표정으로 바라보았고 나 역시 고개를 숙였다.

하루가 지나고 또 다시 하루가 지났다.

TV만 쳐다보고 있는 내게 후배가 "형 다음 계획이 있어요?"라며 한숨을 쉬었다.

"없어" 대답은 그렇게 했지만 나를 걱정하고 있을 가족들이 내심

 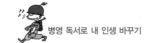

걱정이 되었다. 아니나 다를까 후배는 여러 수소문 끝에 가족들이 나를 찾아 헤매고 있다는 안타까운 소식을 전했고 안양에 있던 집에는 헌병 수사관들이 전화추적을 위해 벌써부터 기다리고 있었다.

내 머릿속은 온통 "어떡하지?" 였을 뿐 아무 대책이 없었다.

그런 와중 후배가 제안을 해왔다. "형, 자수 하세요"라고..

용기가 없던 나를 위해 소주 몇 병을 내 앞에 두고서는 "실컷 마셔요 그럼 좀 나아질 겁니다"라며 내 어깨를 토닥였다.

그대로 잠이 들었을까. 술에 취한 잠이 들었다 깨었을 때 내 앞에 누군가 앉아 있었다. 순간 내 눈은 그를 바라보며 짧게 한마디를 내뱉었다. "아버지?"

아버지가 내 앞에 있다는게 꿈인 것 같았다. 아버지는 나를 따뜻하게 안아주었고 어떤 질책도 하지 않았다.

아버지의 품에서 펑펑 눈물을 쏟았다.

"아빠. 나 지금 너무 무서워"

아버지 품이 그토록 따뜻할 수 없었다. 아버지는 말없이 나의 등을 어루만졌다.

아버지께서는 수사관들을 피해 후배가 어렵게 한 연락을 받고 지금 자수를 하면 감형될 수 있다는 당신의 경험적 직관으로 나를 부대로 안내했다.

아버지 차를 타고 철원으로 달리는 순간에도 우린 말 없이 앞만 바라보았다.

위병소 인근에서 나를 내려주고 스스로 자수토록 나를 걷게 했다.

차에서 내리고 몇 번 아버지를 향해 뒤돌아보다 부대 위병소로 향해 뛰었다.

아버지는 고개를 잠시 숙이셨고 나는 그대로 위병소에서 체포되었다.

포승줄에 꽁꽁 묶인 채 지하의 긴 터널을 지나 두터운 철문을 통과하여 영창이라는 감옥에 갇혔다.

이름과 계급이 박탈되며 미결수 341번이 되었다.

죄명은 비무장 탈영으로 그나마 자수하여 광명 찾은 나는 운 좋은 케이스였다.

탈영은 두 종류로 분류되는데, 하나는 총을 휴대하고 나갔을 때 무장 탈영병 다른 하나는 열받아서 뛰쳐나갔거나 휴가 후 안 들어왔을 때 비무장 탈영병으로 분류한다.

말로만 듣던 영창이란 곳으로 이송되었다.

어두침침한 영창은 평온해 보였고 비좁은 한방에 15명 정도가 말 없이 양반다리로 앉아 있었다. 쇠창살 정면으로 또 다른 죄수들이 10여 명 보였다.

무슨 죄로 앉아 있는지 모를 장교 한 분도 독방에 수감되어 있었다.

모두 '성경책'을 열심히 읽고 있다. 책이라고는 오직 성경책 하나 뿐이었고 다들 한번도 움직이지도 않고 가만히 책만 읽을 뿐이었다.

고요한 적막 속에 마네킹처럼 앉아 책을 읽는다는 것은 고통이었다.

시계가 없으니 밤인지 낮인지 구분이 되질 않았지만 잠자는 시간을 알리는 10시가 가까워오면 헌병들이 취침 준비하라는 지시가 떨어지고 죄수들은 앉았던 방 자리에 매트리스를 깔아 누웠다.

잠을 자는 순간만큼은 행복해지기 위해 피로를 정리하며 잠자리에 들었다.

하지만 다음 순간 눈앞이 번쩍하며 나를 모포에 둘둘 감싸고 몸을 사정없이 발길질해댔다.

사정없이 매를 맞고 모포가 벗겨져 누군가 바라보니 3명의 헌병 병사들이었다.

"어이, 탈영병 새끼", "철창 밖으로 잠깐 나와!"

다른 수감자들은 아무 미동도 하지 않은 채 두 눈을 꼬옥 감고 정자세로 누워 있었다.

그들에게 곧 일어 날 모든 사건들은 모르거나 이미 예상했거나, 지우고 싶은 사실이기 때문일 것이다.

"앞으로 취침, 뒤로 취침, 앞으로 기어, 뒤로 기어" 그렇게 모질게 얼차려와 구타를 당해내고 다시 내 자리에 누웠다. 참으로 긴 밤이었다.

이것은 밤마다 헌병들이 근무를 서며 해오던 관행이었다. 괜히 잘 못 보이면 피곤해지는 밤이란 것을 알기에 전부 꼼짝도 안하고 성경책만 들여다 보는 것이었다.

아침이 되어 영창에서 첫 식사를 하게 되었다.

그런데 그들이 주는 밥을 양동이에 퍼오는 것이 아닌가. 그리고 하나의 플라스틱 세숫대야에 음식을 쏟아 부어 10명이 함께 하나의 대야에 반찬과 밥이 섞인 음식을 먹게 했다. 수저는 앞사람이 먹은 것을 휴지에 닦아 주었고 대야에는 쾨쾨한 냄새가 진동했다. 그마저 먹고 살겠다는 동료 수감자들이 수저를 들고 달려 들었다. 나도 그들과 같은 모습으로 식사를 했다. 마치 개밥을 먹는 기분이 들었다.

수감 생활은 여느 때처럼 성경책을 읽게 하고 간간히 영창내부 가운데 기둥을 사이에 두고 뱅글뱅글 맴도는 운동과 비슷한 행위를 시켰다.

그런데 한 수감동료가 화장실이 급했는지 대변을 보고자 헌병에게 요청했다.

근무를 서던 헌병은 그에게 두루마리 휴지 두장을 끊어주며 "아껴 써"

라고 했다.

동료는 급한 듯 화장실로 향했는데 화장실은 영창을 정면으로 바라보이게 되어 있었고, 그가 볼일 보는 모습이 엉덩이 부위만 빼고

 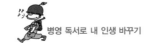

모두가 볼 수 있게끔 되어있었다.

　동료가 끙끙대며 대변을 보는 모습을 그곳 수감자와 헌병 모두가 볼 수 있었다.

　그 장면을 본 순간 더 이상 밥을 많이 먹지 않기로 결심했다.

　대변을 보는 치욕스런 모습을 다른 이에게 보이고 싶지 않았기에 처절하게 참아내기로 했다.

　그렇게 시간은 흘러 영창에서의 마지막 날이 왔다.

　퇴창을 몇시간 앞둔 뒤 헌병 장교와 면담했다. 그는 몇가지를 물었다.

　"밥은 잘 나오니?"

　"예. 매우 잘 나옵니다"

　"헌병들이 잘 대해주었니?"

　"예. 매우 친절하게 대해 주었습니다"

　"건의하고 싶은게 있니?"

　"예" 라고 말하고 뜸을 들이는 내게 "말해봐 뭐든" 헌병장교는 뭐라도 듣고 싶은 모양이었다.

　"장교님 화장지를 최소 10장은 주셔야 쓸 것 같습니다. 2장으로는 무리입니다"

　헌병장교는 내 말을 듣는 순간 주변에 있던 헌병 병사에게 고개를 돌려 눈살을 조금 찌푸리더니 고개를 위 아래로 흔들었다.

퇴창 후 돌아가는 부대 버스 창에 비춰진 내 얼굴을 바라 보았다.

수염이 길게 자라 덥수룩하고 오래 씻지 못해 몸에서 야릇한 땀 냄새가 진동했다.

자대로 되돌아 갔을 때 가장 먼저 찾은 곳은 화장실이었다.

길게 늘어진 팔뚝 만한 대변이 나의 신체 속을 빠져나가자 참았던 긴 안도의 한숨을 내쉬었다.

태어나 그렇게 행복한 표정으로 대변을 물끄러미 바라본 순간도 없었을 것이다.

그리고 변기를 내려다 보고 말했다.

"잘 참아줘서 정말 고맙다."

장교가 되고 싶은 상상은
현실이 된다

탈영병이 다시 부대로 원복해 돌아왔다는 소문은 떠들썩하게 퍼졌다.

관행대로라면 다른 부대로 전출을 가서 그곳 간부들에게 집중관심을 받으며 비극적으로 살아 갈 운명이었으나 나는 운 좋게도 다시 원소속 부대로 복귀하였다.

제 발로 위병소를 찾아와 경계근무자에게 포박 당했을 때, 황급히 뛰쳐나오던 부대 간부들의 표정은 한편 다행이라 생각하면서도 나를 더욱 괘씸하게 생각하는 듯했다.

그들은 나를 독방에 격리시키고 입만 뻥끗하면 여러 명 다칠 수 있는 상황을 막기 위해 욱하는 감정을 숨긴 채 설득하기에 바빴다.

"네가 잘못 말했다가 부대가 크게 다칠 수 있으니 조사 받을 때 내무 부조리 같은 것은 아예 말하지 말아라"

부대 행정보급관은 내 어깨를 살짝 토닥여 주며 스스로 선택을 잘 하라고 당부하였다. 애처롭기 짝이 없는 간부들의 부탁을 듣고만 있으니 여태껏 나를 그토록 괴롭혀왔던 황상병을 이참에 불어버리고 싶었다.

하지만 탈영 시 그가 내 걱정을 많이 했다는 말을 듣자 남아있던 미움마저 약해져갔고 모두 내 탓이라 말하며 눈물을 뚝뚝 떨구었다.

헌병 수사관에게 "부대원들과는 아무 상관없습니다"

"모두 제가 잘못한 것입니다"라고 선처를 구하며 재판을 받았다.

영창 15일 복역을 마치고 부대로 원복하니 사령부 소속의 한 정훈 장교가 나를 기다려 면담을 했다.

"장 상병, 반갑네 난 사령부 정훈 장교 김 대위 라네, 자네가 할 일이 있다네."

"제가 무슨... 할 일이?"

"장 상병, 네가 저지른 일에 대한 반성하는 글을 써서 신문에 기고하자. 다른 병사들에게 너와 같은 일이 재발되지 않도록 교훈을 주었으면 좋겠다."는 깜짝 제안을 받아서 '참회록' 이란 제목으로 사단 신문에 글이 게재되었다.

탈영을 하고 느낀 불안감과 죄책감, 또 다른 탈영병사가 발생되지 않길 바라는 구구절절한 반 페이지 분량의 글은 장병들의 가슴을 울

렸다.

신문을 읽은 병사들은 하나같이 나를 독려하였고 간부들도 나를 보면 엄지를 척 하며 힘내라는 위로를 하였다.

"이 또한 지나가리라" 성경구절 솔로몬의 명언처럼 한 달의 시간이 지나가고 나는 병장으로 진급하였다.

스스로 떳떳하지 못한 계급장을 달고 있었기에 후임병 볼 면목이 없었다.

곧 전역이 6개월 남았고 늘 꼬리표처럼 달고 살던 '보호 및 관심병사'의 등급도 해제되었지만 어느 누구 하나 나를 걱정하는 이가 없었다.

그래서 나는 햇볕이 조금 드는 생활관 구석에 앉아 책을 읽었다.

독서는 나와 어울리지 않는 분위기였지만 여기서 지금 당장 할 수 있는 것은 책을 읽으며 조용히 시간을 보내는 것만이 후임병들을 위하는 길이라 생각했다.

그러던 어느 날 여동생이 보내온 소포 박스에 초콜릿과 과자 그리고 한 권의 책이 들어있었다. '나는 희망의 증거가 되고 싶다'라는 의미심장한 제목이었다.

무심코 첫 페이지를 넘기자

"세상에서 가장 나쁜 것은 기회와 희망 없이 산다는 것입니다.

예전에 내가 겪었던 것처럼, 사회적 편견에서 벗어나지 못하거나 스스로 자신의 길을 찾지 못하고 있는 그런 사람들을 나는 도와 주고 싶습니다"라는 서문의 내용처럼 한 장 한 장 책을 넘길 때 마다 저자 '서진규' 는 희망이란 길로 서서히 나를 안내하였다.

마치 엄마의 손을 잡고 걷는 아이처럼 나는 그녀를 따라 책 속 세상으로 무작정 걸어 들어갔다.

"세상에서 가장 나쁜 것이 희망 없이 산다는 것이다.

꿈은, 이루어지기 전까지는 꿈꾸는 사람을 가혹하게 다룬다."

책을 덮고 두 주먹을 불끈쥐며 "바로 이거야!" 라고 외쳤다.

'나는 희망의 증거가 되고 싶다' 의 저자 미 육군소령 '서진규' 는 어려운 역경 속에서 하버드 대학을 졸업하며 자신을 가로막는 벽들을 뚫고 나갔던 멋있는 여성이었다.

그녀의 성취는 주어진 현실에 안주하지 않고 꿈을 이루기 위해 도전하는 열정의 다큐멘터리 같은 삶을 보여주었고 군인으로서, 학자로서, 어머니로서 그는 온몸으로 '희망의 증거' 였다.

내게 그녀는 진정한 인생의 롤모델이 되었다.

지금까지 내가 왜 관심병사였고 왜 탈영해야 했고, 왜 불합리한 관행 앞에 떳떳하지 못했는가? 나에게 무엇이 문제 였는가?

이렇게 책을 읽으며 내 자신을 뒤돌아보게 되었고 마주한 현실을 바로 잡고 지금 내가 해야 할 일을 깨닫게 되었다.

장교가 되는 것이말로 이 말도 안되는 나를 변화시킬 절호의 찬스

였다.

이러한 나의 다짐에 모든 병사들은 비웃었다.

"너가 요즘 책을 봐서 이상해졌어. 네가 돈키호테냐?"

"우린 사병이야. 곧 전역을 얼마 안남긴 병장이라고. 넌 가방줄도 짧잖아?"

"너 같은 유명한 사고뭉치가 장교가 된다고 하면 누가 널 받아줄 까?" 라는 비아냥과 함께 미쳤다는 말까지 듣기에 이르렀다.

"지나가는 개가 웃는다. 대한민국 장교가 되고 싶은 장 병장. 이젠 돌았다." 화장실 문짝 안쪽 면 조롱 섞인 글이 눈에 들어왔다.

나는 그 글귀 아래 며칠 전 암송한 돈키호테의 글을 또박또박 써 넣었다.

『과연 누가 미친거요?

장차 이룩할 수 있는 세상을 상상하는 내가 미친거요?

아니면 세상을 있는 그대로만 보는 사람이 미친거요?』

나는 잠시 생각에 잠겼다. 먼 바다를 내다보고 무수한 폭풍우를 넘어 암초를 허물고 좀 더 가까이 다가가서 서로를 알아가고 느끼는 것.

바로 그것이 우리가 살아가는 인생의 목적이란 것을 깨닫게 되었다.

이등병에게 배운
독서비법

3개월 후 장교시험 공채가 예정되었다. 병사에서 장교로 최소 선발하는 몇 안되는 새로운 제도가 도입된 것이다.

면접과 필기, 체력을 통해 선발한 뒤 최단시간 양성교육을 통해 장교로 탄생하는 것이었다.

면접은 나에게 고비였다.

그동안 독서와 거리가 먼 나였기에 언변력이나 사고가 뛰어나지 못했음을 인정한다.

그래서 준비를 준비를 위해 찾은 곳은 부대 내 작은 병영도서관 컨테이너였다.

그 곳은 항상 불이 켜져 있었다.

컨테이너 창문으로 몰래 내부를 들여다 보니 왠 이등병이 정자세

로 책상에 앉아 독서를 즐기던 참이었다. 나는 도서관 내부로 들어가 이등병의 어깨를 툭 치며 말했다.

"독서가 재밌냐?"

"백골! 장병장님 어쩐 일로 도서관을 오신겁니까?" 바짝 군기든 목소리로 나를 잠시 경계하는 듯 하였다.

"책 읽으러 왔지"라고 말하며 아무 책이나 한권을 뽑아들고 도서관 책상에 자릴 잡았다.

조용한 적막이 흐르고 이등병이 내 어깨를 살짝 건드리며 말했다.

"장병장님 일어 나십시오. 점호시간 다가왔습니다. 청소하러 가셔야 합니다."

기지개를 펴며 "벌써"라고 말해버린 나는 책을 펼치지도 덮지도 않은 채 잠만 자고 나왔다.

그리고 다음날 다시 도서관 앞을 지나가는데 어제 그 이등병의 뒷모습이 보였다.

슬그머니 도서관으로 들어가 이등병의 어깨를 툭 치며 물었다.

"책은 어떻게 해야 잘 읽는거야?"

이등병은 서있는 나를 올려다 보며 슬며시 웃음지며 말했다. "잘 입니다."

나는 속으로 '이게 누굴 놀리나' 하면서도 이등병의 얼굴에서 풍겨져 오는 절대 고수의 분위기를 무시할 수 없었다.

이등병은 보던 책을 덮고는 몸을 반쯤 틀어 돌려 앉았다.

"장병장님, 읽고 싶으신 책을 몇 권 고르신 후 가져와 보세요"

자동적으로 책장에 고개를 돌린 나는 첫 책으로 좀 있어 보이는 두툼한 레프 톨스토의(Leo Tolstoy)의 『안나 카레리나』 시리즈 세 권을 가져왔다.

이등병은 "좋습니다. 더 가져오셔도 됩니다."라고 말하며 방긋 웃었다.

나는 매우 얇은 『하멜 표류기』 한 권과 에세이, 소설 등 여러 권을 책상 위에 쌓아 올렸다.

"장병장님 저희에게 주어진 시간이 딱 두 시간입니다. 두 시간 동안 병장님께서 읽고 싶으신 것을 천천히 음미하면서 읽어보세요. 단, 천천히 음식 드시는 것처럼 읽어보십시오"

이등병은 나에게 등을 돌린 채 자신이 하던 독서를 계속했다.

나 역시 내가 손에 쥔 여러 권 책 중 어느 것부터 볼까 고민했다.

이윽고 안나 카레리나를 한쪽씩 넘기기 시작했지만 집중이 되질 않았다.

러시아 사람들 이름이 원채 길어서 도대체가 누가 누구인지 헷갈리기 일쑤였다.

한쪽을 겨우 읽었는데 시간은 40분이 지나갔다. 그리고 아무것도 머릿 속에 남지 않았다.

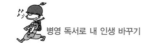

이등병은 다시 내 곁으로 바짝 다가왔다.

"장병장님! 아직 독서에 습관이 길들여지지 않으신 것 같습니다."

"그..그렇지..난 원래 책을 좋아하지않아서..."

이등병은 나에게 가장 관심있는 분야를 물었다. 그리고 책장에서 가장 관심갖고 읽고 싶은 책을 선정하라고 말했다.

그래서 나는 그림책과 비슷한 '어린이가 읽는 돈키호테'를 집어들고 왔다.

이등병은 "좋습니다. 장병장님 지금부터 여기는 레스토랑이고 장병장님의 책은 스테이크처럼 잘 구워진 음식입니다. 자..이제 1시간이면 충분히 드실 수 있어요"

나도 모르게 벽에 걸린 시계를 바라보자 이등병은 "아주 맛있게 이 책을 천천히 씹어 드세요"라고 말하며 자기 자리로 돌아갔다.

"뭐..책을 씹어 먹으라고" 그림 동화책을 가져온 나를 무시한 것인가 하는 생각이 들었지만 일단 해보자는 생각에 책을 한 장 한 장 넘길 때 마다 글과 그림을 보고 상상하며 읽었다. 마지막 140페이지에 다다르자 이등병이 어깨를 살짝 건드리며 박수를 쳤다.

"역시 대단하십니다. 다 읽으셨잖아요"

그의 칭찬에 괜히 어깨가 들썩이는 듯 하였다.

이등병은 "장병장님 돈키호테가 풍차 앞을 달린 이유가 뭐죠? 무엇을 풍자한거라 생각하시죠?"라고 질문을 퍼붓자 나 역시 질세라 그에 대한 내 생각을 쏟아냈다.

"짝짝짝" "그것입니다. 장병장님은 책을 제대로 소화 시키시고 제대로 맛을 아셨어요"

나는 머리를 긁적이며 멋쩍은 웃음으로 이등병을 바라보았다.

"장병장님, 책을 읽고 말하지 못하면 모르는 겁니다. 아셨지요."

이등병에게 배운 경험은 습관이 되었고 내가 전역하는 날까지 그는 나에게 독서 스승이 되었다.

책을 처음 접하는 사람들이라면 반드시 자신에게 잘 읽히는 책을 고르는 것이 중요하다. 독서에 잘 적응하지 못하는 뇌를 독서에 적응시키기 위해서는 내 머릿 속에 편안한 이야기와 글의 선택이 중요하다.

왜냐하면 처음 책을 접할 때 힘든 점이 바로 쉽게 읽혀지지 않기 때문이다. 그렇기에 가장 현명한 방법은 관련 분야의 책을 천천히 오래 씹어먹듯 읽고 생각하는 것이다.

읽다보면 머릿속에 남는 것도 남지 않는 것도 있을 것이다. 그러나 책을 천천히 꼭꼭 씹어 먹다보면 어느새 영양분이 몸속에 저장됨을 자신도 모르게 느낄 것이다.

책을 많이 읽는다는 것은 분명 좋은 현상이지만 자신에게 맞는 책과 양으로 승부하는 그것이 독서의 가장 중요한 정답이라 할 수 있다.

고영성 작가는 『어떻게 읽을 것인가』란 저서에서 "책을 많이 읽는

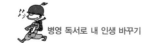

사람들은 대부분 책 권수가 아니라 명저를 소개하면서 자신을 드러 낸다. 좋은 책을 자랑하고 그 책을 읽는 자신을 자랑하는 것이다."고 말한다.

내가 이등병 스승님에게 배운 독서법은 결국 좋은 재료를 고르고 좋은 음식을 만들어 맛있게 음미해 먹을 수 있는 글자 요리의 한 과정이었다.

좋은 재료의 책을 잘 선정하여 입과 뇌에서 잘 분해만 시켜준다면 몸은 영양분을 잘 받아줄 준비가 된 셈이다.

드디어 3개월 뒤 나는 면접을 통해 놀랍게 달라진 나를 발견했다.

대령급 면접관들의 끝없는 돌발 질문이 쏟아질 때마다 마치 내용물이 뭐가 들어있는지 모르는 냉장고 문을 열고 그 속의 재료만 가지고 음식을 만들라는 소리와 같았지만 셰프처럼 멋지게 제스처까지 취하며 바로 답할 수 있었다.

비법은 따로 없다. 천천히 책을 읽고 깊이 생각하는 연습으로 답을 찾는 방법을 터득한 것이다. 면접장 문을 나서는 나의 얼굴은 당당한 자부심으로 가득차 있었다.

이제 나는 미지의 두려움에 맞서 싸우는 결연한 독서 전투의 신무기를 장착하였다.

그리고 지금 대한민국 육군 장교로 다시 태어나게 되었다.

내가 그린 꿈의 크기는
얼만큼인가

일본에 하늘로 날아간, '코이' 란 물고기 신화가 있다. 이 물고기는 '잉어' 를 의미하는 일본어이며 연못이나 어항에서 흔히 볼 수 있는 주황색 물고기이다.

어느날 작은 잉어 코이 한마리가 불가능한 도전을 시도하기로 결심한다.

강물을 거슬러 올라 갈 때까지 헤엄쳐 가보기로 한 것이다.

작은 잉어 코이는 스스로 힘겨운 노력으로 깨달음에 도달하고 싶었다.

그러나 잠시라도 한눈을 팔았다간 한참 떠내려가 바다 입구까지 밀려가기에 매 순간 집중하고 몰입해야했다. 수차례 떠내려오며 큰 고기들의 공격을 받기도 했고, 바위와 물살에 부딪혀 비늘이 벗겨져

누렇게 피부를 물들게 했다.

그저 편하게 연못에서 살아가는 다른 물고기들은 그런 코이를 도저히 이해할 수 없었다.

"그냥 연못에 어울려 살지 뭐 그리 잘 살아보겠다고 해봐도 안 될 강물을 향해 도전한다는 말인가" 이런 말들을 들은 코이는 못 들은 척 하였지만, 사실은 당장이라도 다른 물고기들처럼 강물에 몸을 맡기고 싶었다.

작은 잉어 코이는 언제나 자신에게 질문해 왔다.

나는 언제나 이 연못에서만 살아가는 존재인가. 이 강물은 대체 어디서 흘러 어디로 가는 줄기인가. 코이는 늘 자신과 세상에 대한 호기심으로 가득찼다.

코이는 강에서 만나는 장애물과 부정적인 생각을 떨쳐버리고 자신을 단련시켜가며 강하게 만들었다.

강 상류로 가면 갈수록 물길이 거세지고, 지세는 가파르게 변하였다.

코이의 체력이 강해진 만큼, 극복해야 할 장애물도 배 이상으로 어려워졌다.

그런데 코이의 체력이 거의 고갈되었을 때, 코이를 더욱 완벽하게 좌절시킬 만한 장애물이 등장하였다. 끝이 보이지 않는 90도로 세워진 폭포였다.

하늘 끝에서 퍼붓는 폭포수는 코이 몸을 거의 산산조각으로 찢어

버릴 것 같았다.

　도저히 거슬러 헤엄칠 수 없기 때문에 코이는 망연자실하였다.

　그러나 이때, 코이는 비장한 결심을 했다.

　"내가 비록 보잘 것 없는 물고기지만, 오늘 이 순간부터 물고기이기를 포기하겠다. 지느러미와 꼬리를 날개로 만들어 폭포 위로 날아가면 되지 않는가!"

　자기 자신을 믿기로 한 것이다. 그리고 물 속에 비춰진 자신의 모습을 발견한다.

　그 순간 코이는 한 마리 용으로 변모하였다.

　코이는 자신을 가차없이 떠내려 버리려는 강물의 물줄기로부터 벗어나 거대한 용이 되어 하늘을 날고 있는 자신을 발견한다.

　코이는 발밑에 아련하게 사라지는 폭포수를 보고 눈물을 흘렸다.

　이 코이 신화를 통해 학자들이 만들어 낸 '코이의 법칙'이란 것이 있다.

　일본 관상어 중에 '코이'라는 물고기는 작은 어항에서 기르면 5~8cm 자라고 커다란 수족관이나 연못에 기르면 15~25cm 자라지만 강물에 방류하면 90~120cm까지 성장한다. 같은 물고기지만 어항에서 기르면 피라미가 되고 강물에 놓아두면 대어가 되는 신비한 물고기인데 주변 환경과 생각의 크기에 따라 엄청난 결과의 차이를 만들 수 있다는 것이 바로 '코이의 법칙'이다.

 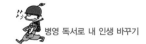

군대는 어항속 금붕어처럼 모두 똑같은 옷과 밥을 먹고 생활한다.

그러나 군대를 단순 시간만 때울 어항이라고 생각하지 말고 거대한 강이라 생각하며 꿈의 크기를 키운다면 내 삶이 과연 어떻게 될까?

군대를 거쳐가는 수많은 청년들이여, 이 연못에서 작은 잉어나 피라미로 살기보다는 대어를 꿈꾸며 용이 될 당신의 미래에 투자하라.

그러면 당신은 분명 이야기 속 주인공 코이가 될 가능성이 충분하다.

일단, 책등 독서

일본이 배출한 노벨 문학상 수상자 오에 겐자부로는 그의 50년 독서와 인생을 회고하는 저서 '읽는 인간' 에서 독서의 습관에 대하여 알려준다.

인생의 습관이 된 독서 기본원리는 '배우기, 외우기, 깨닫기' 를 통해 완성되며, 이 세 가지 단어의 연결 고리가 마치 자전거를 처음 배우는 단계와 같다고 말한다.

오에 겐자부로의 방법처럼 우리는 모든 것을 배워 익힌다. 내가 좋아하는 대상을 흉내내는 것에서 시작하여 그것을 통해 습득한 영양분을 자신의 몸에 저장한다.

새로운 사실을 알게 된 후 그것에 대한 의미를 알게 되면서 깨달음을 느끼게 되는 것이다.

자전거를 처음 배울 때 우리는 대부분 두려움을 가진다. 책도 마찬가지로 처음 접하게 되는 책은 읽을 때 쉽게 읽혀지지 않는다는 것이다. 남들은 쉽게 잘 읽는 것 같은데 이상하게 나만 문장 해석이 되지 않고 머릿속 잡념만 가득하다.

그렇다면 잘 되고 있는 것이다.

책과 친해지기 위해서는 최소 3개월의 시간이 필요하다. 66일이 지나면 습관이 된다는 말과 같다. 내가 책과 친해 진 이유는 서점을 다니게 된 뒤부터다.

서점에는 다양한 책이 즐비하다.

서점에 꽂혀있는 책들의 제목을 천천히 음미하며 아이쇼핑을 즐기는 행위는 책과 친해지기 위한 첫 번째 방법이다.

책등을 가만히 보면 책의 90%가량 의미가 제목에 담겨져 있다. 책의 제목이 탄생하는 과정은 책의 본문이 탄생하는 과정보다 더 심사숙고하고 많은 노력이 들어간다.

그렇기 때문에 책 제목은 그 책의 가진 모든 것을 말해준다.

다수의 책등을 읽는 행위는 벌써 수백 권의 책을 섭렵했다 말할 수 있다.

그다음 나의 눈에 들어온 제목을 손에 들어 살짝 뒤를 돌려보면 책에 대한 찬사와 더불어 이 책이 가진 장점을 소개한 대목이 나온다. 짧게 몇 줄 정도지만 몇 줄의 문장을 읽어보면서 이 책이 가진 장점이 무엇인지, 무엇을 말하려 하는지에 대해 생각해 보는 것이다. 몇 줄 간추린 문장이지만 뒷면에 쓰여진 문장이야말로 작가가 매우 고심한 한마디 또는 독자를 사로잡기 위한 저자의 한방이기에 더욱 소중하다.

한가지 팁을 더해본다면 책을 더욱 깊이있게 만드는 것은 책 디자인과 표지 재질이다.

출판사에서 표지를 만들기 위한 과정은 책 원고를 만드는 과정만큼 매우 손이 많이 가고 엄청난 비용과 시간이 투자된다. 이러한 표지가 책의 첫인상을 결정하는데 매우 중요한 역할을 한다. 책등을 감상한 후 책 표지를 손으로 어루만지며 책이 가진 촉감을 느껴본다면 책이 더 가까이 다가와 줄 것이다.

사실, 책을 읽는 것보다 더 중요한 것은 스스로 사고하는 행위이다.

책등을 보고 생각하고, 책 뒷 표지를 보며 짧게 요약된 문장으로 한번 더 생각하라.

그러면 자연스럽게 책 본문이 열리게 된다. 모든 지식의 연결고리가 이렇게 형성되어 내가 읽게 되는 본문의 지식을 습득하여 배우고 다시 머릿속에 저장해 깨달음의 단계로 오게 된다.

책은 단순 지식을 주기보다 책을 통해 나를 생각하게 만들고 책을 통해 계속 쌓이는 지식은 어느 순간 지혜로 바뀌게 되어 있다.

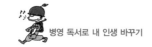

나에게 맞는 책을 선택하고 내가 읽을 수 있는 수준의 양을 읽는다면 군이 많은 책을 읽을 필요는 없다.

독서는 즐거워야 한다. 친구를 만날 때도 마찬가지로 친한 친구를 만나야 즐겁고 시간이 잘 가는 것처럼 독서가 즐거움이 될 때 책은 자연스레 친구로 다가온다.

아직 독서준비가 되지 않았다면 서점에서 나를 애타게 기다리는 책을 만나자.

천천히 책장에 꽂힌 책등을 바라보며 신붓감 고르듯 산책을 하자.

언젠가 천생연분 그녀를 만난 것처럼 당신의 인생을 함께해줄 궁합 좋은 책을 만나 평생을 즐겁게 살아갈 것이다.

알라는 무엇이 당신에게 최고인가를 알고 있다. 당신이 언제 그것을 찾는지도 언제 그것을 갚아야 하는지도 알고 있다.

- 코 란 -

군 입대란 현실을 슬기롭게 극복하는 방법이 바로 여기 즐기는 독서에 있었다는 사실 하나만으로도 큰 위안이 되는 것 같다.

책에 대한, 도서관을 찾는 즐거움을 느끼도록 도서관을 소통의 공간으로 만들어 준 것 뿐이다. 무조건 멀리서 찾기보다 내게 주어진 환경의 테두리 속에 만족하며 행복을 느끼는 것은 군생활을 하며 깨닫는 중요한 지혜임에 틀림없다.

chapter

02

효율적인 독서 비결
540-EBO 독서법

540 – EBO 독서법이란?

최소한의 전력으로 최단 시간 내 최대 효과를 내도록 하는 EBO작전개념은 2003년 미군의 이라크침공과 알카에다, 탈레반 지도부 제거 작전에 성과를 거두며 본격적으로 연합군 전략전술로 채택되었다.

그렇다면 'EBO' 란 무엇인가? '효과 위주의 동시통합전(Effect Based Operation)' 개념의 군사전략으로 전문 연합작전 용어이다. 공격받자마자(시작과 동시) 적 지휘부와 통제소·관제소 등 핵심시설을 동시다발적으로 타격하게 된다. 최소한의 전력으로 최단시간에 적의 전쟁 수행 의지와 능력을 무력화하는 군사전략이다. 전선 확대를 막아 희생자를 줄이고 전쟁 비용을 억제하는 것을 도모한다. 즉, 적이 전면전 공격 시 적의 중심(Center of Gravitation)을 타격하여, 작전의 결과가 최대 효과를 내도록 하는 EBO 작전의 주된 개념이다.

사전에 전장상황을 정확히 파악하고 정밀한 무기 한방으로 효과적인 타격을 노린다는 EBO개념은 2015년 우리나라 작전계획 5015에도 적용되어 활용되고 있다.

이런 EBO 전략전술에 효과 중심 독서법을 벤치마킹하여 결합하면 군 입대와 동시 나에게 주어진 시·공간적 환경을 집중적으로 활용하고 분석하여 동시 다발적 독서를 실시, 최소한의 노력을 통해(몰입) 최단시간 성과를 달성하므로 글쓰기 과정의 단계에서 최대한 효과를 내는 성과형 자기계발 독서법이 될 수 있다.

즉, 군복무 기간내 몰입을 통한 핵심적인 독서를 포함한 자기계발 분야 전반을 마스터하는 개념이다.

EBO 작전개념을 활용한 독서의 비결은 정해진 540일 기간동안 내가 가진 주위의 모든 환경을 분석하고 내가 활용할 시간, 장소, 여건을 종합적으로 판단한 뒤 체계적으로 실천해 나갈 때 비로소 성과를 맛보게 된다.

우리는 군 생활에 대한 불안과 두려움을 잊어버리고 이 순간 무엇 하나 완전 몰입하여 그것을 달성 후 짜릿한 보람을 느끼고 성취감과 행복감을 맛보아야 한다.

오직 군대에서 읽는 독서만이 내 생애 가장 손쉬운 수단임을 알게 될 것이다.

이 세상에 군인만큼 가장 건강하고 순수한 정신의 소유자가 또 어디있을까.

지금이 아니면 정말 없을 귀한 시간이다. 여기에 집중하지 않으면 어떤 효과도 바라지 말라.

도서관을 차지하는 순간
미래를 장악하는 사람이 된다

공자가 위나라에 갔을 때, 염유가 수레를 몰았다. 그러자 공자가 말했다. "백성들이 많구나."

염유가 "이렇게 백성들이 많으니, 다음에 무엇을 더 보태야 합니까?"하고 묻자,

공자, 가라사대 "백성들을 부유하게 해주어야 한다."

염유가 "백성들이 부유하게 된 다음에는 무엇을 더 해주어야 합니까?"하고 묻자, 공자, 가라사대. "백성들을 교화해야 한다." (子 適衛 冉有僕 子曰, 庶矣哉. 冉有曰 旣庶矣 又何加焉 曰 富之 曰 旣富矣 又 何加焉 曰 敎之)

윗 글은 논어 자로편에 나오는 대목이다.

현재 군대는 아버지 세대가 상상하지 못할 만큼 많은 복지혜택과

더불어 장병들의 삶의 질 향상을 위한 다양한 후원사업을 추진하고 있다.

내가 있는 서부전선 GOP 최전방에는 대대 기준 9개 소초가 모두 도서관을 가지고 있고 대대본부가 있는 후방CP에는(통상 정훈 장교가 관리) 웬만한 동네 서점 규모의 도서관이 자리 잡고 있다. 민간 자본과 국방부의 막대한 예산이 투자된 대규모 사업이 현실화되어 지금 내 앞에 떡하니 버티고 있다.

마치 카페를 방불케하는 고급 테이블, 의자 그리고 야간 학습지원을 위해 설치된 칸막이 테이블과 스탠드는 공부를 저절로 하고 싶은 욕구가 들게한다.

그런데 이 잘 갖춰진 도서관에 방문하는 병사가 점점 없어지고 있다는 것이 현실이다.

책읽는 환경에 익숙하지 않은 사회적 분위기를 가지고 입대한 장병들이 결국 군대에서도 책 읽기를 어려워하거나 거부하는 현상이 나타났다.

이들에게 무슨일이 생긴걸까?

인간의 가장 본능적인 욕구를 말하면 식욕, 성욕, 수면욕, 배설욕인데 여기에 한가지를 더하자면 스마트폰욕이 더 생긴 것은 부인할 수 없다.

지금 병사들은 수면과 핸드폰의 유혹에 빠져있다.

군 입대 후 사라진 것은 엄마의 잔소리다. 엄마는 내가 종일 잠만 자게 두질 않는다.

그러나 이제는 간섭없이 더 많이 잠을 잘수도 있고 아예 씻지를 않아도 뭐라 하는 사람이 없다. 군대가 그래도 되겠냐? 라고 묻겠지만 이미 군대는 간부들이 일과 이후를 간섭하기 어렵고 기숙사형처럼 자율권을 충분히 보장하는 시스템이다. 비록 최소한 통제와 간섭으로 군기를 유지하나 인권을 침해하는 행위는 이제 더 이상 볼 수 없을 것이다.

새롭게 등장한 '일과 후 휴대폰 사용'과 '주중 외출'이 허용됨에 따라 장병들은 이제 돈만 있으면 뭐든지 원하는 것을 선택하여 자기계발을 할 수 있다.

물론 엄마가 가정에서 주던 용돈보다 훨씬 더 많이 받게 되므로 씀씀이가 커진 것도 사실이다.

이러한 좋은 징조는 장병들의 삶의 질 향상과 고립감 해소에 도움이 될거라 생각되어 매우 긍정적이다. 하지만 부정적으로 나타나는 현상은 우리가 길에서 늘 보고있는 '스몸비'가 이제 군대에서도 보이는 것이다. (스몸비 : 길거리에서 스마트폰을 보며 주변을 살피지 않고 걷는 사람들을 이르는 말) 장병들이 스마트폰을 눈에서 떼지 못하거나 남이 할 때 내가 스마트폰을 하지 못하면 큰 손해를 본다고 생각한다. 어느 순간 사이버지식 정보방(병영 PC방) 이용자 횟수가 확 줄기 시작하였고 식당의 결식자가 많아지는 현상은 그 시간에 차라리 핸드폰을 하겠다는 이들의 문화가 정착되고 있다는 것이다.

나에게 가장 충격은 도서관에 병사들의 발길이 뚝 끊겼다는 사실이다.

그렇다면 이것도 기회가 될 수 있다.

법륜스님은 젊은시절 불교에 대한 개혁을 외치며 불교는 모두 썩어빠졌다고 한 노승에게 목소릴 높이니 그 노승이 태연하게 이리 말했다고 한다.

"여보게! 어떤 사람이 마음을 청정히 하고 논두렁에 앉아 있으면 그 사람이 바로 중일세. 그곳이 절이고 그것이 불교라네."

깨달음을 얻은 법륜 스님은 불교경전을 인용해 이렇게 말한다.

"수처작주 입처개진 (隨處作主 立處皆眞)"

"머무르는 곳마다 주인이 되라. 지금 있는 그곳이 바로 진리(깨달음)의 세계이니라."

바로 여기 도서관을 기회로 삼고 나만의 공간으로 활용하는 것이다.

수천 권의 양서(良書)와 매달 최신 베스트셀러라 불리는 퀄리티 높은 서적의 진중문고, 이 모든 것을 소유할 사장님이 되는 것이다.

세상에 수많은 돌멩이들이 널려있다. 그 중에는 분명 돌멩이로서 가치있는 예쁜 돌이 있고 그중에는 분명 금석같은 귀한 돌이 숨겨져 있다. 이 광활한 대지의 돌멩이 중 흔한 돌멩이로 살 것인가. 아니면

기업의 사회공헌 활동으로 최전방에 보급된
'청춘책방', 2천권 이상 도서를 보유 중

예쁜 돌, 금석이 되겠는가.

결국 책 속에 모든 답이있다.

『왜 책을 읽는가』로 우리에게 너무 잘 알려진 프랑스 대표작가 '샤를 단치(Charles Dontizg)'는 오늘날의 현실을 이렇게 표현한다.

"결국 모든 것은 소멸하리라! 더 이상 책을 읽지 않으면 인류는 자연으로 되돌아가 짐승들과 함께 살 것이다. 그리고 미개하고 착하고 순한 독재자가 곳곳에 설치된 총천연색 화면들 속에서 미소를 지으리라!"

잊혀진 병영 도서관을 먼저 차지하는 병사야말로 진정 미래를 장악하는 위대한 인물이 될 것이라 믿어 의심치 않는다.

한번 발길을 옮겨 병영 도서관으로 가보아라.

꺼져있는 전등 스위치를 누르는 순간 수만, 수천 권의 책들이 두 손을 벌리며 당신을 끌어 안고 말할 것이다.

"네가 원하는 모든 것을 다 이룰 수 있게 돕겠노라."

"우리는 우리가 읽은 것으로부터 만들어진다."

– 마틴 발저 –

이 책을 찢어라

러시아의 대문호 '레프 니콜라예비치 톨스토이 (Lev Nikolayevich Tolstoy)'는 사람이 최고의 하루를 살기 위하여 이 세 가지를 반드시 알아야 한다고 말한다.

톨스토이가 세상에서 가장 중요한 세가지 질문은 첫째, 이 세상에서 가장 중요한 시간은 언제인가? 둘째, 이 세상에서 가장 중요한 사람은 누구인가? 셋째, 이 세상에서 가장 중요한 일은 무엇인가? 이다.

여기에 스스로 답해보기 바란다.

그의 질문을 향한 답은 정말 단순하다. 하지만 실천하기 어렵기에 우리는 그것을 향해 달려 나가야 하는 것이다.

세상에서 가장 중요한 시간은 바로 지금이며, 가장 중요한 사람은

지금 이 순간 나와 함께 있는 사람이다. 그렇다면 마지막 질문 중 가장 중요한 일은 무엇이라 대답했는가?

그렇다. 바로 지금 당신이 하고 있는 일이다. 지금 내가 무엇을 하고 있는 그 행위자체가 내일의 나를 가장 값지게 만들어 준다는 사실을 말해주는 것이다.

이 책을 읽는 독자는 당연하게도 독서라는 선택을 하였을 것이라 믿는다.

"군대에서 어떻게 책을 읽어?"라고 말하는 병사가 대부분이다. 그러나 더 읽을 수 있는 기회는 많다. 위대한 나폴레옹은 "나는 전쟁터 말 위에서 책을 즐겨 읽는다."라고 말했으며 빌 게이츠는 매일 밤 한 시간, 주말에는 두 시간 정도 책을 읽는 철칙으로 한평생을 살아왔다. 바쁘고 고단할수록 내게 주어진 시간을 어떻게 잘 활용하느냐에 따라 내게 책을 언제 읽을 수 있는지 알게 되는 것이다.

최전방에 근무하는 대부분의 병사는 시간이 부족하고 언제나 육체적 피로감에 시달린다.

도서관에 잠시 몸을 기대보지만 방송에서 나를 찾는 소대장님의 목소리는 다급하다.

하지만 여기서 물러날 수 없는 법, 지금 스크랩을 할 수 있는 바인더를 한 권 준비하라.

행정반에 널려있는 게 간부들이 쓰다남은 교범, 교안 바인더 케이스다. 구하기 어렵지 않으니 한 권 얻어내면 유용하게 사용 가능하다.

그리고 커터칼과 20cm이상 막대자를 휴대한 후 도서관으로 향해라.

도서관 문을 열면 대부분 도서를 정리해 놓은 도서목록표가 있거나 대출목록 바인더가 있을 것이다. 주위를 잘 살펴보면 새로 들어온 신간들 사이에 밀려난 도서들이 한쪽 구석으로 잘 쌓여져있다.

병영 도서관은 진중문고를 포함하여 외부 기증도서, 정기 간행물, 병영도서 구매품 등 매달 최신 도서가 도서관 매대를 채운다. 내부 공간 한계가 있기 때문에 어느 정도 시일이 지나거나 오래된 도서는 박스에 잘 보관되었다가 존재 이전으로 돌아가기 위해 준비한다.

어차피 버려질 책이지만 이 책들을 적출하듯 살릴 만한 장기는 도려내어 나의 스크랩 바인더에 보관하면 이보다 더 좋은 커팅 스크랩 자료집이 없다.

폐기 될 책(신문)을 점검해 유용한 부분을 커팅 스크랩하여 활용하면 유리하다.

우리에게는 가용한 시간이 그렇게 많이 허용되지 않는다. 하지만 최소한의 시간은 분석이 될 것이다. 저자는 매일 15분이면 충분하다고 생각한다. 여기에 더 시간을 투자하면 금상첨화겠지만 15분을 투자했을 때 비로소 EBO독서는 효과를 발휘 할 수 있다.

사실 인간의 집중력은 기껏해야 한 시간 정도 밖에 되지 않는다. 집중을 하는 동안 머리가 맑아지고 기분도 좋아지고 뭔가 기분이 달라지는 것을 느끼는 경우가 있을 것이다.

여기서 뇌파라고 하는 것이 나오게 되는데 주파수에 따라서 델타, 세타, 알파, 베타파 등으로 나누어진다. 집중력이 높은 사람일수록 이런 주파수들 중에서도 베타파가 나오는 경우가 많다.

베타파가 나와 집중하고 있는 시간도 30분 정도가 전부이기 때문에 오랜 시간 공부를 붙잡고 있다고 하더라도 능률이 오르지 않는 것이다.

이것이 뇌의 한계이다.

저자의 자녀는 초등학생이다.

매주 눈높이 가정학습을 지도받는 모습을 보면서 학습교사에게 궁금한 점을 물었다.

"선생님, 왜 매번 학습시간이 15분간만 딱 맞춰 교육 하시죠?"

선생님은 뜬금없는 질문에도 상냥하게 답변해주었다.

"최단 시간 내 집중할 수 있는 시간을 통제하기 때문입니다. 최단 시간 집중해서 최대효과를 내기 위해서 15분이란 시간은 1시간보다 더 효과가 있습니다."

"세바시(세상을 바꾼 15분 강연회)강연이나 목사님 설교를 보세요, 모두 15분에 맞춰져 있잖아요"라고 말하는 순간 나는 무릎을 탁 쳤다.

60분을 공부한다 하더라도 45분은 잡념과 별도 준비행동으로 버려지는 시간이다.

결국, 15분의 효과를 보기위해 짧은 시간에 효과적으로 집중하는 것이 장시간 학습보다 훨씬 몰입하기 쉽고 지금 내가 무엇을 행하고 있는 행위를 즐기게 만들 수 있겠다는 생각이 들었다.

내가 오늘도 버려질 헌책을 찢으며 중요 부분을 커팅 스크랩하는 이유도 마찬가지다.

주어진 휴식 시간동안 읽어야 할 중요한 대목을 바인더에서 꺼내 15분간 읽는다.

몇 장 안되는 독서지만 이 순간이야 말로 세상에서 가장 이기적인 독서를 위해 내가 살아가는 이유이기도 하다.

'찢어라 갈기갈기 찢어 내 수첩에 차곡차곡 쌓아라. 어차피 네 것이다.'

"설교가 20분을 넘으면 죄인도 구원 받기를 포기한다"

- 마크 트웨인 -

도서관을 찾는 즐거움

러시아 모스크바를 향하던 미국 비행기는 기장의 실수로 궤도 1도를 잘못 입력하였는데, 이 궤도 1도의 차이가 비행기를 이스라엘에 도착하게 만들었다.

사소한 차이라고 볼 수 있겠지만 궤도 1도는 정반대의 목적지로 향하게 한다.

도서관, 서점에서 책을 찾는 사람과 그렇지 못한 사람의 차이는 바로 이러한 궤도 1도의 작은 차이에서 격차가 벌어지는 것이다.

막상 서점에 가면 도대체 어떤 책을 선택해야 하는지 망설여진다.

그래서 통상 매대에 펼쳐놓은 보기좋은 디자인의 책을 덥썩 집기도 한다.

한번은 동네서점을 찾아 책을 고르던 중이었다. 한참 책을 뒤적거

동두천 '우리서점'에 진열된 도서에 부착 된 스티커 메모 리뷰가 흥미롭다

병영 독서로 내 인생 바꾸기

리던 한 청년이 서점주인에게 "요즘 여자친구와 헤어져서 마음이 답답한데 추천해 주실수 있나요?"라고 말하자 주인은 빙그레 웃으며 "네, 저기 창가 테이블 잠시 계시면 곧 가겠습니다."라고 말해주었다. 서점주인은 5분 정도 책을 고르는가 싶더니 청년에게 몇 권의 책을 소개했다. 청년은 이거다 싶은 책을 고르고 별 고민없이 계산대로 향했다.

또 다른 한 서점은 책마다 포스트 잇이 한 장씩 부착되어 있었다. 책 판매원이 읽은 리뷰를 써 붙여 놓은 것이다. 고객은 책을 사기 전에 포스트 잇 메모를 들여다보며 생각에 잠기다 곧장 책을 들어 넘기며 내용 검색에 들어간다. 나는 최근 동두천에 있는 '우리 서점'이란 곳에서 이 포스트 잇 도움을 받아 몇 권의 양서를 찾아냈다.

포스트 잇을 읽는 순간 '아 ! 이분은 고수다.'란 생각이 들었기 때문에 더욱 신뢰가 갔다.

다시 돌아와 병영도서관을 살펴보자.

간만에 책이 그리운 한 병사가 병영 도서관을 찾았다. 그런데 산더미처럼 쌓여있는 책은 종류별 분류가 되어있지 않아 각종 서적과 시리즈 소설이 뒤죽박죽 뒤엉켜 있었다.

한참 두리번거리며 책등 구경을 마친 병사는 벽시계를 몇 번 보는가 싶더니 그냥 나가버렸다.

병영 도서관은 그렇게 사람들의 기억에서 멀어져 가고 재미없는 곳으로 전락해버렸다.

어쩌면 우리 스스로 도서관에서 느끼는 즐거움을 잊어가고 있는지도 모른다.

무엇이 문제일까.

영국 서섹스대학교 데이빗 루이스 박사는 독서에 대한 흥미로운 연구결과를 발표하였다.

현대화된 사회에서 인간이 스트레스를 풀기 위한 가장 좋은 활동 중 가장 효과가 좋은 것이 바로 독서라고 결론지었다. 사람에 따라 약간의 차이는 있었지만 평균 6~10분 정도 책을 읽게 되면 스트레스가 약 68~70% 감소되며, 심장 박동 수와 근육에 대한 긴장이 풀어진다라고 밝혔다. 어떠한 활동도 독서에 대한 영향력에 미치지 못했고 전자게임의 경우는 일시적 스트레스와 즐거움은 주었지만 심박수는 높게 나타났다. 연구를 진행한 연구팀은 독서가 힘든 현실에서 탈출하고 싶은 욕구를 충족시키며 작가의 상상력을 함께 공감하므로 스트레스에서 탈피하는 효과가 입증됨을 강조했다.

군 입대란 현실을 슬기롭게 극복하는 방법이 바로 여기 즐기는 독서에 있었다는 사실 하나만으로도 큰 위안이 되는 것 같다.

저자는 책을 좋아하는 '단 한명' 만 있어도 우리 병영 도서관은 활기를 찾을 수 있다는 희망을 갖고 있다. 물론 이 책을 읽고 있는 독자가 그 역할의 주인공이 될 가능성은 매우 높다.

지금 병영 도서관은 담당구역 청소관리는 있어도 책을 관리하고 대출을 담당하는 전문병사가 거의 없다. 그러다보니 폐기될 책 정리도 일단 표지가 지저분하면 버리는 책이고 관리에 대한 피로감을 느껴 정리정돈은 커녕 책을 읽고 아무 곳에나 꽂아두는 행동이 잦다.

어느날 나에게 한 일병이 찾아왔다.

우리 병영도서관 관리가 너무 안되서 개선이 필요하다며 자신을 임시 도서관 관리병으로 임명해 달라는 것이었다. 포상휴가를 원하지도 않았고 단지 책이 좋아서 책을 보호하기 위해서 도서관리를 해야겠다는 것이었다. 대견하기도했고 많은 정리가 필요한 현실을 생각하니 조금 우려도 되었다. 일병은 매주 토요일, 일요일마다 도서관에 살다시피하며 책을 정리하기 시작했다. 가. 나. 다 순으로 책을 분류하더니 책을 소설, 에세이, 경제, 역사, 예술 등 보기 좋게 진열하였다.

일병은 매일 도서관에 앉아 책을 읽었고 도서관을 정리하며 부지런한 생활을 하였다.

두 달이 지난 후 깨끗해진 병영도서관에 병사들이 하나 둘 찾기 시작했다.

일병은 찾아오는 병사들에게 맞춤 독서를 권하며 그가 흥미있게 읽을 장르에 대한 책 소개를 더해 주었다.

나 역시 평소 역사분야에 관심이 있던 찰나에 잠시 병영 도서관을

야전부대 수많은 지휘관들이 장병들의 독서활동을 돕기 위한 수단으로 다양한 콘텐츠를 개발하여 시행 중이다. 또한 위 사진처럼 계단 입구에 고루 비치하여 장병들에게 독서의 중요성을 수시 각인 시키려는 노력이 돋보인다.

찾았다.

책상 한켠 조용한 장소에 자릴 잡은 병사와 우연히 눈을 마주친 순간 그 병사에게 먼저 말을 건넸다.

"혹시, 만주족 역사연구를 하려는데 읽을 만한 책이 없니?"라고 묻자 일병은 마치 기다렸다는 듯 "만주족이면 청 제국에 대하여 관심을 갖고 계시는 것 맞죠?"라고 말하며 자리에서 일어났다. 그리고 역사 도서 코너를 아래 위로 살피더니 '누르하치'와 '병자호란' 두 권을 내게 건네주며 상냥하게 말했다.

"지난번 책 정리 때 누군가 너무 낡아 버리려고 한켠에 둔 것인데 아무래도 소장 가치가 있어보여 보존장서로 제가 묶어 둔 것입니다. 도움이 되셨으면 좋겠습니다."

반가운 두 권의 좋은 자료를 받아보는 순간 기쁨과 동시에 일병이 너무 기특해 보였다.

"넌 입대 전 서점이나 도서관에서 일했나 보구나?"라며 머리를 쓰다듬어 주었다.

"아닙니다. 책을 너무 좋아해서 해보고 싶은 것을 해보는 것입니다. 군대에서 해보지 어디서 저를 써주겠습니까?"라고 말하는 일병을 보며 책을 즐기는 병사라는 것을 알게 되었다.

몇 년 뒤 이 병사는 사회에 진출해 초등학교 교사가 되었다. 총명한 스승을 만났을 제자들을 생각하니 참으로 좋겠다는 생각이 들었다.

이런 말이 있다. 커피 한잔 사 마시는 건 아깝지 않아도 책을 사는 건 아까워한다는 말.

나는 이 말을 들을 때 마다 독서 선진국이 아님에 부끄러움을 느낀다.

먹고 마시는데 돈은 펑펑 써도 책을 사는 데는 벌벌 떠는 국민성은 우리 선조들로부터 전해진 것이 아니기에 더욱 한탄스럽다. 우리가 천대시하던 청제국 만주인들은 그들이 책을 읽지 않아 무시당할까 조선의 선비보다 더 많이 책을 읽었다고 한다. 결국 현대의 중국인들은 문화대국의 문턱에 와있다. 책 읽는 민족으로 우리를 앞 지르고 있다. 더 이상 우리를 선비의 후예라 부르지 말지어다. 만약 책을 사서 읽지 못한다면 방법은 하나 도서관이 그 부족함을 채워줘야 하는 것이다. 책을 빌려보고 읽는 재미, 다 읽은 책을 남에게 권하며 자신이 느낀 리뷰를 남겨주는 재미, 책과 함께 공감하며 공통된 사고를 공유하는 일은 도서관만이 가지는 소소한 재미이다.

일병이 가르쳐 준 것이 뭐가 다른게 있을까. 책에 대한, 도서관을 찾는 즐거움을 느끼도록 도서관을 소통의 공간으로 만들어 준 것 뿐이다. 무조건 멀리서 찾기보다 내게 주어진 환경의 테두리 속에 만족하며 행복을 느끼는 것은 군생활을 하며 깨닫는 중요한 지혜임에 틀림없다.

우리 병영 도서관도 이 모양 이 꼴이라면 당장 지휘관을 찾아가 면

담하라.

"여기 병영 도서관 ! 제가 접수하겠나이다."라고 말하라.

"내가 강한 이유는 결코 남들에 의해 흔들리지 않고,
내 안에 있는 것을 하기 때문이다."

- 폴 고갱 (Paul Gauguin) -

'EBO 독서법'으로 장악하라

　　EBO, 몇 번을 들어도 생소한 단어라 생각한다.

　하지만 'EBO(Effect Based Operation)' 개념은 '때려서 효과있는 행동만 하는 것'이 주요 관심사다. 내가 분석한 타겟의 약점만 때려 성과를 달성하도록 만드는 이 전술은 알고 보면 단순하다.

　EBO, 3가지 단계의 수행절차를 스스로 분석해보자.

　1단계는 지식수용 단계로 내가 처해진 환경(군입대)에 대한 다양한 자료수집이 요망된다.

　환경은 모든 병사마다 다 다르다. 행정병으로 근무하는 병사, 특수부대에서 DMZ작전을 투입해야 하는 병사, 매일 공사를 수행하는 공병, 세끼 꼬박꼬박 밥을 차려야 하는 취사병까지 약 60여 종의 직책과 주특기가 존재하므로 이 책에서 어느 직책을 기준하여 설명하기

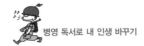

에 어려움이 따른다. 그러나 공통적으로 보면 자신의 환경에 대한 포괄적인 자료 축적과 축적된 자료를 분석하여 취약점을 분석하는 수집 과정이 필요하다.

예를 들어 나의 일과시간을 제외한 가용시간을 분석해보자. 아침 식사를 마치고 일과에 투입되기 전 30분, 중식 후 휴식 30분, 오후 일과 종료와 함께 부여되는 자유시간 3시간(내무생활 임무분담 청소시간 제외), 저녁점호 후 야간 연등 신청을 통해 승인 가능한 학습시간 최대 2시간이다. 총 6시간의 가용시간을 확보하였다.

숫자상 6시간의 가용시간으로 분석되지만 실제 내게 부여된 임무 (세탁, 생필품 구매를 위한 피엑스 이용, 경계근무 기타 등)를 빼고 목표한 어떤 하나에 집중하려면 실제 나에게 주어진 시간은 최초 계산한 6시간 중 2시간 미만 수준의 가용시간이 도출된다.

병사들이 단체생활에서 집중 가능한 시간은 일과 후 3시간과 연등시간이다.

그러나 다양한 부수적인 임무가 뒤따르기 때문에 결코 완전한 여건 보장은 말처럼 쉽지 않다. 이렇게 나만의 시간분석을 통해 어느 장소, 어느 시간에서 원하고자 하는 지식을 수집할 것인가에 집중하는 것이 1단계의 목표이다.

EBO를 시작하면 00시부터 06시까지 취침시간 6시간은 보장되어야 한다. 그 이유는 나의 피로가 쌓이면 누적된 피로가 오히려 취약

점으로 도출될 가능성이 있기 때문이다.

피로가 쌓여있다면 차라리 연등을 피하고 쉬는 게 훨씬 이롭다. 무리하지 말기를 바란다.

2단계는 효과설정 단계로써 이 단계에서는 축적되고 분석된 자료를 바탕으로 목표를 달성할 모든 분야에 효과를 계획하고 설정한 뒤 요망 효과를 달성하는데 필요한 조치나 방책들을 결정하는 것이다.

다시 말해, 내가 가용한 시간에 얻고자 하는 지식 목록을 차트화하여 독서해야 할 책을 선정한다. 책을 정하는 것은 나의 수준과 흥미를 고려해 한 권이던 열 권이던 책을 읽는 기간을 결정하고 책을 통해 무엇을 얻을 것인가에 대해 스스로 요망사항을 정해보는 것이다.

여기 2단계에서 필요한 것은 독서노트가 필요하다. 주 단위 계획을 수립하거나 월 단위 또는 분기 단위 계획을 수립하여 실행에 옮기면 더욱 효과를 발휘할 수 있다.

EBO 독서법에서는 2단계의 효과설정이 가장 핵심이 될 수있다.

책을 읽고 내가 원하는 효과를 달성해야 하기 때문에 좋은 책을 고르는 과정부터 얼마큼의 기간을 가지고 적극적으로 추진하느냐가 EBO 독서법의 승패를 가를 수 있다.

3단계는 적용 단계이다. 머리로 이해하고 가슴으로 이해하고 손으로 이해하므로 습관으로 정착시키는 과정이다. 이것은 1, 2단계의 설정된 요망 효과를 달성하기 위해 실제로 독서를 수행하는 모든 단계를 말한다.

3단계는 다시 세 분류로 나뉜다. '슬로우 리딩', '스피드 리딩', '필사'이다.

슬로 리딩은 말 그대로 천천히 읽으며 생각을 키우는 훈련이다. 스피드 리딩은 짧은 시간 최대한 많은 양의 독서를 하는 방법으로 슬로우 리딩과 공통점은 같지만 시간확보에 대한 상관관계는 크다 볼 수 있다.

모든 군인들에게 공정하게 주어진 것은 오로지 시간이다.

승자는 시간을 관리하며 살아가고 패자는 시간에 끌려가며 살아간다.

이 두 가지 중 어느 하나의 선택하여 쓰는 연습에 들어가면 우리가 원하는 완전한 독서를 스스로 완성하는 것이다.

기독교 사회였던 중세기 격언에 이런 말이 있다.

"성실한 사람은 악마도 유혹하지 못하며 신도 그를 버리지 못한다"는 말이다.

성실한 사람에게는 인간적 이중성이 없기에 자신이 가진 성실함에 독서를 쌓아 올리면 진정한 경지에 오르게 되는 것이다.

슬로우 리딩

2012년, 독일 짤스부르크에서 약 20여 km 떨어진 라우펜(Laufen)이라는 시골 마을에 사는 15세 소녀 '리자이나 마이머(Regina Mayer)'는 어릴적부터 말을 갖고 싶어 부모를 졸랐지만 그녀 부모의 대답은 단호했다.

소녀의 꿈은 언젠가 올림픽 승마경기에서 본 마장마술 경기 선수가 되는 것이었다.

마장마술 경기는 말을 부리는 기술을 겨루는 승마 종목으로 고대 그리스에서 살아남기 위해 말을 길들이는데 기원을 두고 있다. 말과 선수의 호흡이 얼마나 잘 맞느냐가 경기의 핵심이다. 이 종목은 남녀 종목 구분이 없고, 섬세한 감정을 가진 여성들이 유독 좋은 성적을 올리는 스포츠인데다 독일은 전통적인 마장마술 스포츠 강국이다.

소녀의 꿈은 너무 간절했다.

그러나 시골집 외양간에는 말 대신 소가 가득했기에 소녀의 관심은 어쩔 수 없이 소에게 향했다.

3년 전에 루나(Luna)라는 소가 태어났는데 소녀는 루나가 다른 소와는 사뭇 다르다는 것을 알아차렸다. 다른 송아지는 수줍음을 많이 타 사람에게 쉽게 접근하지 않는데 루나는 소녀에게 친근하게 먼저 다가왔기 때문이다. 이후 그 둘은 친구처럼 붙어 다니게 된다. 루나가 태어난지 2년반이 흐른, 6개월전 부터 마이어는 루나의 등에 올라

타기 시작했고 심지어 오스트리아에 있는 승마 전문학교에 문의하여 소를 말처럼 부리는 훈련법과 소 등에 채울 안장에 대한 정보까지 수집하기 시작했다.

마이어와 루나는 독일 라우펜과 인접한 오스트리아 국경을 넘나들며 장거리 주행에 나섰고 시간이 갈수록 루나는 점점 말처럼 행동하며 마장마술에 적응되어갔다.

마이어는 '루나가 자신이 할 수 있는 것과 할 수 없는 것을 명확히 구분할 수 있다' 고 말했다. 루나의 최대 허들점프 높이는 1m이지만 시간이 갈수록 실력이 늘고 있어 금년엔 1.2m 정도는 무난할 것으로 보인다고 말했다.

소를 타고 다니면 사람들이 너무 우스꽝스럽게 보긴 하지만 이제는 말과 바꿀 생각은 추호도 없다는 마이어다.

마이어는 늘 마주하는 루나를 바라보며 **"루나는 자신이 말이라고 생각해요"**라고 말하며 오늘도 루나의 등에 올라 타 시골 들판을 달린다.

마이어에게 루나가 말이 되게 훈련한 비법을 알려달라고 하자 소녀는 살짝 웃으며 말했다. "하루도 **빠짐없이** 걷고 멈추는 연습만 했어요. 루나가 몸에 익숙해질 때까지 조금씩 천천히 여러 번 나눠 훈련하다보면 응용해서 다른 기술도 터득해요, 어느날 내가 말인가?란 착각에 **빠진거죠**"

마이어의 훈련 방법은 슬로우 독서 방법과 매우 유사하다.

책을 읽는다는 것도 모든 공부의 시작이다.

멋지고 잘 훈련된 말들만 마장마술을 한다는 고정관념을 깨는 과정을 루나가 잘 보여준 것처럼 우리도 꾸준한 독서를 통해 다독가의 반열에 올라설 수 있다는 확신을 루나의 예를 통해 알아보았다. 그런데 루나의 훈련법을 마이어가 공개하며 놀라운 사실을 알아냈다. 2년동안 걷고 멈추는 연습만 매일했다는 것인데 마이어의 이 훈련 방법은 슬로우 독서 방법과 매우 유사하다.

만약 루나에게 여러 가지 장애물을 넘는 방법을 서커스처럼 가르쳤다면 아마 루나는 그 장애물을 의지와 상관없이 뛰어 넘었을지는 몰라도 왜 장애물을 넘어야 하는지? 갑자기 이것과 유사한 장애물을 만났을 때 등 우발적 상황에 대처할 방법은 무엇인지에 대해 단절된 사고를 가졌을 것이다. 그러나 루나는 매일 똑같은 반복훈련으로 어느 날부터 뛰게 되었고 어느날 스스로 작은 돌을 폴짝 뛰어넘더니 그 다음에는 큰 바위를 뛰어 넘으며 자신의 능력을 향상시켜갔다. 루나는 매일 천천히 반복된 학습으로 우발 상황에 대한 응용사고를 지니게 된 것이다. 즉, 루나는 생각하는 소로 만들어진 것이다.

슬로우 리딩은 짧은 시간에 충분한 독서의 효과를 얻기 위한 천천히 읽고 생각하는 독서훈련 방법이다.

독서에 앞서 무엇보다 좋은 책을 고르는 안목을 갖추는 것은 매우 중요하다.

하지만 좋은 책은 정해져 있지 않다.

내가 읽어 즐겁고 내 취향에 적합하여 결정한 책이 가장 좋은 책이다.

헤르만 헤세(Hermann Hesse)는 독서다운 독서에 대해 세 가지를 강조한다.

책 내용에 대한 존경심, 이해하려는 뚝심, 마지막까지 저자의 목소리에 귀를 기울이는 겸손이야말로 진정한 독서를 하는 마음가짐이라는 것이다.

마이어는 2년여 동안 소에게 걷고 멈추는 마장마술의 기초 연습만 매일했다.

헤세가 말한 세 가지를 마이어가 소를 통해 함께 실천한 것이다.

책이 나에게 가르쳐 줄 기술은 좋은 책을 고르는 기술이다.

모자란 나를 가르쳐 줄 훌륭한 스승, 좋은 책을 고르는 것이 가장 기초적인 슬로우 리딩의 첫 걸음이다.

이 한권의 책을 통해 내가 얻고자 하는 것이 무엇인지 어떤 효과를 얻을 것인지 책을 선택하는 안목을 가지기 위해 책의 가치를 판단해 내는 기술이 필요하다.

우선 책과 나의 관심분야가 어디에 향해 있는지 공감대가 이루어 져야한다.

책을 고를 때 커다란 나무를 보듯 제목을 유심히 보라. 제목은 책의 모든 구성을 한 단어, 한 문장으로 압축시킨 매우 고차원적 고민이 담겨있다. 앞서 책등 독서를 통해 수백 권의 책을 이해하는 방법에 대해 간단히 언급한 것도 이와 비슷하다.

책의 제목이 와 닿았다면 일단 손은 책으로 향하게 되어있다.

다음으로 책을 앞뒤로 뒤집어 가며 표지에 적힌 글을 유심히 들여 다 보자.

그 순간 표지에서 전해지는 책의 특별함 촉감을 같이 느껴보길 바란다. 그리고 커다란 나무의 여러 가지 중 속표지와 서문을 살펴보고 목차를 차근차근 읽어보면 저자가 어떤 주제를 말하고 싶은지 짐작이 가능하고 저자의 전문적 스킬이 나와 함께 공유될 수 있는 내용인지를 찾아볼 수 있을 것이다.

다음으로 책의 본문으로 들어가 이 책이 말하는 가장 중요한 논점

은 무엇이며 책이 주는 정보가 나에게 어떤 흥미와 계발에 도움이 되는지 생각해 본다.

책을 천천히 처음부터 중간, 끝으로 넘겨가며 책이 가진 대략적이고 특징적인 사항을 눈으로 읽어낸다.

독자가 책이 다루고자 하는 정보와 대상을 명확히 찾아냈다면 책이 나에게 어떤 의미와 가치를 부여할 것인가 고민하는데 걸린 시간은 대략 십여 분의 단 시간이다.

'호모 부커스'의 이권우 작가는 흔히 말해 책읽기의 달인이다. 그는 "나는 느리게 사는 첫걸음은 천천히 읽기에 있다고 여긴다. 읽기의 영토마저 속도주의자들에게 넘길 생각은 추호도 없다. 천천히 읽어야 분석이 되고, 게으르게 읽어야 상상이 되고, 느긋하게 읽어야 비판할 거리가 보이는 법이다. 책을 천천히 읽는 것은 그 자체가 새로운 세계를 꿈꾸는 것이다."라고 슬로우 리딩을 함축적으로 표현하여 말했다.

옛 말에 "책을 백번 읽으면 그 뜻이 저절로 보인다."라고 하였다.

나는 자신한다. '어느 누구든 책을 읽을 때는 책 속에서 자기 자신을 발견하며 읽는다.'라는 것을 그것이 천천히 나를 깨닫게 하는 슬로우 리딩의 방법이란 것을...

책 읽는 법이란 약간의 도움을 얻어 생각하는 법을 말한다.

천천히 생각해야 하며, 천천히 읽어야 한다.

– 에밀 파게(Emile Faguet) –

스피드 리딩

'두 권 읽은 사람이 한 권 읽은 사람을 지배한다' 라는 말이 있다.

이 한 줄 문장을 보면 왠지 세상에 뒤처지지 않을까 하는 걱정이 앞선다.

우리는 빨리빨리 문화에 익숙해져 무엇이든 스피드하게 보고 읽고 말하고 행동해야 하는 습관에 길들여져 있기 때문이다.

하루 24시간을 분으로 나누면 1,440분이며 이 중 10%를 분으로 환산시 144분이다. 이를 다시 1%라고 하면 14.4분으로 약 15분이라는 시간이 도출된다.

세상을 바꿔 버릴 수 있는 15분은 결코 짧은 시간이 아니다.

네 자리 숫자의 긴 시간 중 15분을 투자하는 것은 충분히 어렵지 않은 선택이다.

오랫동안 즐겁게 책을 읽고 내 삶에 적용하는 방법이야 말로 가장 좋은 독서법이다.

아무리 바쁘고 정신없는 시간을 보내는 사람이라도 누구나 핸드폰에 많은 시간을 할애한다. 습관이 되었기 때문이다.

하루 한 권의 책을 읽는 습관도 마찬가지로 책을 펼치는 순간이 중

요한 것이다.

사람이 매일 한 끼 밥 먹는 시간은 평균 15~20분이다.

그렇다면 책을 먹는 이정도 시간도 지켜줄 수 있지 않은가? 꼭 읽지 않아도 매일 책 한 끼 15분만 투자하면 배꼽시계가 울리 듯 두뇌는 반응한다. 독서습관이 갖춰진 것이다. 책을 매일 읽는다는 습관은 책을 펼쳐놓는 순간 절반 성공한 것이다.

그렇다면 어떻게 짧은 시간 동안 많은 글을 읽을 것인가?

우리뇌는 평균적으로 분당 300자 정도를 읽고 이해한다.

글 읽는 속도는 아무리 빨리한다 하더라도 뇌가 이해하는데 전혀 지장을 주지 않는다. 빨리 책을 읽게되면 이해도가 저하되지 않을까 하는 걱정은 필요없다.

이해력은 글을 많이 읽고 글을 자주 접하는 습관에 달려있다.

독서습관이 바뀌면 책 읽는 행위도 빠르게 읽히게 마련이다.

뇌 과학 실험 결과, 아무리 하기 귀찮고 싫은 일도 삼 일간 열 번 반복하면 버릇이 되고 습관이 된다는 연구결과가 입증되었다. 우리의 뇌는 무엇인가를 달성하게 될 때 즐거움을 느낀다. 이때 뇌는 좋은 기분을 유지하기 위해 도파민과 세로토닌 등의 쾌감을 유발하는 뇌 내 신경전달물질을 방출한다. 뇌는 매일 반복되는 즐거움에 도취되어 작은 보상을 해주고 이 과정이 반복된 습관이 된다.

책을 빨리 읽고 이해하기 위한 독서습관을 바꿀 수 있는 몇 가지 방법을 소개한다.

책을 읽을 때 한 문단을 한 글자씩 또박또박 읽고 의미를 단위로 끊어 읽는다면 훨씬 이해가 빨라진다. 책을 천천히 읽는다고 정확한 내용을 이해하는 것은 아니다. 문장이 짧으면 하나의 글자에 신경쓰지 말고 단번에 읽고, 문장이 길다면 의미 단위로 끊어 읽는 것이 좋다. 그리고 한 낱말씩 끊어 읽어 내려가는데 이 때 눈의 움직임을 멈추지 않고 한 낱말이 아닌 행 전체를 통째로 보는 시선으로 부드럽게 글을 따라 내려간다.

책을 빨리 읽고 이해하는데 소리를 내어 읽는 방법은 좋지 않다. 소리를 내면 분당 300자 정도만 읽을 수 있는데 소리를 내지 않고 입만 움직이며 읽는 방법은 소리를 내며 읽는 방법에 2배 이상 글 읽는 효과가 있다는 것은 다독가 사이에 잘 알려진 사실이다.

우리는 책을 읽을 때 가장 어렵고 습관에 방해가 되는 것이 '잡념'이다.

책을 읽을 때 잡생각을 하면 이미 읽었던 부분을 다시 읽게 되거나 책에서 강조하고자 했던 내용과 등장인물의 이름을 기억해내지 못하게 될 경우가 많다.

대부분의 사람들이 정독을 하여도 평균 70%정도의 내용만 기억하고 앞의 내용이 잘 생각나지 않는다는 조사 결과가 있다. 이러한 잡념은 누구에게나 있지만 습관과 많은 연관이 있다.

책을 읽다보면 어려운 책을 만나게 된다. 이해가 되지 않거나 나에게 도움이 되지 않는(관심 없는 주제로 풀어가는 문장)글을 만나면 많은 시간을 그 페이지에 머물며 잡념에 빠져 든다. 그렇다면 어떻게 하면 어려운 책을 읽을 것인가?

답은 간단하다. 이해되지 않는 책은 과감하게 외면하는 것이다.

일본을 대표하는 지식인 '가토 슈이치'는 "자신이 알 수 없는 책은 일체 읽지 않는 것이다. 그렇게 하면 늘 책을 읽을 수 있고, 읽는 책들을 늘 이해할 수 있다. 페이지를 조금 넘겨보거나 조금 읽어 보고 아무래도 모르겠다 싶은 책은 읽지 않기로 하는 것이 현명하다." 라고 말하며 어려운 책을 만나면 읽지 않아도 무방하다고 강조한다.

즉, 독자를 위해 만들어진 문장이 어려워 해석과 이해가 어렵다면 그 자리에 굳이 머물 필요가 없다는 것이다.

두뇌는 우리가 생각하는 이상으로 능력이 뛰어나다. 책을 천천히 읽는다는 것은 뇌가 정보의 흡수량을 적게 확보하려 한다는 것이다. 뇌는 책에 활용하여 일하는 능력을 분산시켜 책을 읽는 실시간에도 다른 사고와 예측을 끊임없이 한다.

이를 해결하기 위한 방법은 읽기 속도를 높여 두뇌가 처리하는 정보량을 확장시켜 두뇌가 현재 책을 위해 몰입하게 만드는 것이 가장 효과적인 방법이다.

스피드 리딩은 고도의 집중을 통해 책에 빠져드는 것이다.

유독 혼잡하고 시끄러운 스타벅스 카페에서 독서에 집중이 잘 되는 이유는 두뇌가 책을 읽는 데 온 힘을 다해주는 도미넌트 현상 효과에 있다고 한다.

도미넌트 현상은 어떤 원인으로 뇌에 흥분이 발생하고, 그 곳이 뇌의 다른 부분의 흥분을 마치 흡수하는 것 같이 되어 그것에 의해 자기 활동을 강화시키는 현상이다.

우리의 뇌는 우리가 매우 흥미롭고 중요한 일에 몰두하고 있다든가, 시험공부, 또는 새 연극의 역을 맡고 있을 때 그 밖의 것에 주의를 돌리는 것이 아주 곤란하거나 전혀 불가능해진다. 이러한 뇌 활동의 매우 중요한 특징 때문에 우리는 그때그때 가장 중요한 과제를 수행하기 위해 전력을 집중할 수 있는 것이다.

유트브에 책 읽으며 듣는 음악, 알파파를 촉진하는 음악, 독서 ASMR 등 집중력을 향상시키는 음악이 많이 제공되는 것도 도미넌트 현상이 충분한 효과를 발휘하기 때문이다.

스피드 독서는 올바른 습관을 길들여 짧은 시간에 몰입을 통해 내가 원하는 만큼 읽어내는 고도의 두뇌 활용 기술이다. 속독법을 말하는 것이 아님을 강조하고 싶다. 최근 서점가에는 속독법에 관한 책이 많이 출간되고 있다. 점으로 읽는 방법, 직선으로 읽기, 사선으로 읽기 등 갖가지 방법이 동원되나 쉽게 읽는 쉬운 방법은 스스로 경험해

보고 자신이 어떻게 집중해서 좋은 영양소만을 섭취할 수 있느냐에 있다.

책만큼 좋은 친구도 없고 책만큼 재미있고 인생에 도움이 되는 것도 없다.

그러니 독서습관은 아무리 강조해도 모자람이 없다.

필사(筆寫) 리딩

책이나 문서를 베끼어 쓰는 행위를 '필사' 라 부른다.

나는 개인적으로 여러 권을 대충 훑어 읽는 것보다 한권이라도 꼼꼼히 읽어 나만의 것으로 소화시키는 책읽기 방법을 선호하는 편이다.

책을 정독하면서 많은 것을 상상하고 음미하면서 글쓴이와 일심합체를 이룬다.

그렇지만 누구나 정독을 했더라도 내용은 시간이 지나면 잊혀진다.

독일 심리학자 헤르만 에빙하우스(Hermann Ebbinghaus)에 따르면, 학습을 하고 10분 후부터 서서히 망각이 시작되며 한 시간 뒤에는 50%, 하루 뒤에는 70%, 한 달 뒤에는 90%를 망각하게 된다고 한다. 아무리 뛰어난 천재도 결국 망각의 인간인 셈이다.

필사하며 읽는 방법은 한 권의 책을 완전하게 내 것으로 만드는 과정이라 할 수 있다. 책을 읽을 때 형광색 펜으로 중요한 부분을 눈에 잘 들어오게 밑줄을 긋고 메모를 하며 책을 다시 찾아보기 위한 표식 (책을 접거나 포스트 잇을 부착)을 남기는 독서법은 이러한 망각의 고통에서 해방시켜 줄 방법 중 하나이다.

또한 책의 내용을 나만의 노트에 기록한다는 것은 책을 읽고 생각하는 행위보다 더 뛰어난 효과가 있다.

우리는 시험공부를 할 때 빈 종이나 노트에 글을 몇 번이고 되풀이하며 글자와 의미를 머릿속에 저장하고자 노력한다.

빈 노트에 글을 기록하고 쓴다는 것은 나만의 생각을 창조하고 다시 정리와 요약을 한다는 것이다. 그러므로 내가 가진 좁은 사고의 범위를 더욱 크게 확장시켜주는 효과가 있다.

『책은 도끼다』를 쓴 박웅현은 "우선 저는 이렇게 책을 읽으면서 좋은 부분들, 감동받은 부분들에 줄을 치고, 한권의 책 읽기가 끝나면 따로 옮겨 놓는 작업을 합니다."라고 말하며 중요하거나 감동받은 문구는 다시 쓰면서 되새김질을 한다.

뭐든지 쓰면 쓸수록 글쓰기 기술이 늘고 자기 자신도 성장한다.

오래 기억하기에 가장 좋은 방법은 필사이다.

캐나다 신경외과 교수 펜필드 박사는 '호문 쿨루스 모형' 이란 그림을 통해 신체부위와 뇌의 상관관계를 나타냈다.

펜필드 박사는 두뇌에 가장 많은 자극을 주는 신체부위 중 머리로 생각한 것은 16%의 영향을 주고, 입은 17%, 손이 32%로 손을 사용하는 것이 기억력에 가장 도움이 된다고 말한다. 즉, 우리는 책을 통해 순간 감동을 받음과 동시에 망각하게 되는 바 손을 사용하여 뇌를 자극하는 필사리딩이 독서에 큰 영향력을 발휘하는 것을 알 수 있다.

오늘도 나는 끝내 기억하지 못할 한 작가의 멋진 글을 읽고 열심히 필사 중이다.

그리고 되새긴다. '나는 쓴다. 고로 기억한다.'

필사노트

스마트폰으로 책 읽는 게 어때서?

우리는 길거리에서 스마트 폰을 보며 주위를 살피지 않고 걷는 사람들을 종종 본다. 스마트 폰 화면을 보기 위해 고개를 푹 숙인 채 넋이 나간 시체처럼 좀비의 걸음걸이로 거리를 걷기 때문에 이런 이들을 스마트폰(smartphone)과 좀비(zombie)를 합성한 말로 흔히 '스몸비'라고 부른다.

2019년 3월, 군대는 핸드폰 자율화를 선포하고 장병들에게도 스마트 폰을 일과 후 자율적으로 사용토록 승인하였다. 일부 시범부대를 거쳐 전 군으로 확대하여 시행한후 군대는 스마트폰으로 인한 적지 않은 시행착오와 함께 병영문화에 다양한 변화가 생겼다. 장병들은 일과 후 생활관으로 복귀하면서 스마트 폰을 꺼내 들고 자기계발과 오락, SNS에 열중한다.

병영생활에 스마트 폰이 등장한 이후 장병들이 가장 선호하던 TV 시청률이 뚜욱 떨어졌으며 유일한 세상과 소통창구인 사지방(사이버지식정보방) 사용 횟수가 절반으로 분산되었다. 핸드폰 통신사에 무제한 요금을 지불하기에 굳이 사지방에 별도 돈을 지불할 필요가 없기 때문이다.

스마트 폰을 사용하면서 모름지기 고향에 대한 향수마저 잊게 하였다. 고화질의 화상통화는 부모님과 애인, 친구를 언제나 저녁에 만날 수 있게 하였다. 스마트 폰 하나라면 무엇이든 해결 가능한 세상을 군대에서 만나게 됨으로써 과거 향수를 달래주었던 TV는 오랜 왕좌 자리를 양보하였다.

과거 일요일이 되면 어느 부대이건 종교행사는 필수 참석을 강요당했지만, 이제는 참석을 권장하는 추세로 바뀌면서 그 자리마저 스마트 폰이 차지하였다.

종교행사를 참석하느니 차라리 핸드폰으로 스트레스를 풀어버리겠다는 장병들이 늘었다. 현재 내가 다니는 부대 교회의 빈자리가 날로 늘어가는 든 풍경을 보며 스마트 폰의 파워가 새삼 피부에 와 닿는다.

스마트 폰의 위력은 이 뿐만 아니라 병영 도서관에 까지 영향을 미쳤다.

그나마 책을 좋아해 도서관을 찾았던 병들마저 스마트폰에 마음을 빼앗기는 추세이다.

책의 중요성이 핸드폰의 영향력에 점점 뒤쳐가고 있는 것이다.

그렇다하여 스마트폰이 모두 좋지 않다고 말하고 싶지 않다. 요즘 세대의 풍속이니 따라가야 하는 것은 당연하겠지만 독서와 핸드폰 사용의 적절한 상호 이해가 필요한 것이다. 핸드폰에 익숙하고 핸드폰에 적응된 사람들에게는 핸드폰으로 접근해 독서하는 방법도 적절한 방법이다. 문자 책에 등을 돌렸다면 대안은 '전자책'이다.

미국 버지니아 대학 심리학 교수인 데니얼 윌리엄 교수는 '전자책보다 종이책이 학습도나 이해도가 높은 이유는 물리감 때문이다'라고 말하며 종이책은 내가 어느 부분을 읽고 있다는 경과를 분명히 알 수 있지만 전자책은 어디까지 읽었는지 알 수 없고 스토리 전개를 이해하기 어렵다는 판단을 했다. 하지만 전자책은 이미 책이 가진 기능을 완전하게 갖춰 놓은 상태이다. 밑줄 긋기, 읽어주기, 책갈피 기능, 등을 살펴보면 놀라운 기능이 매일 새롭게 변화를 거듭하고 있는 중이다.

무조건 핸드폰만 보는 것이 나쁘다고 하기에는 핸드폰이 가진 장점이 너무 많다. 질투마저 난다. 단점을 굳이 찾자면 한정된 배터리 충전이라고 하고 싶지만 대용량 보조배터리를 가지면 어느 곳에서든 휴대폰이 꺼지지 않게 할 수 있는 게 현실 아닌가. 거기다 전자책은 종이책보다 가격이 저렴하고 월정액만 내면 무제한 책을 읽을 수 있는 장점을 가지고 있다.

모든 것을 핸드폰으로 얻을 수 있는 세상이 존재하는 이상 이제 핸드폰으로 지식과 지혜를 얻을 수 있다면 핸드폰으로 읽어내는 전자책 독서도 하나의 훌륭한 독서이다.

많은 독서가들이 이런 핸드폰 독서에 우려를 표하지만 포노 사피엔스라 말하는 신 인류에게 시대유행을 막아설 방법은 없어 보인다.

19세기를 대표하는 프랑스 인문학자 에밀파게(Emile Faguet)는 그의 저서 『단단한 독서』에서 이렇게 말한다. "각자가 느끼고 있듯 책 읽는 데에도 법칙이 있다. 만약 독서에 아무런 위험도 없다면 굳이 자신을 내맡기는 데 법이 필요하지도 않으리라. 반면 독서는 몇가지 점만 주의하면 행복할 수 있는 가장 확실한 수단 중 하나이다. 독서가 우리를 행복으로 이끌 수 있는 이유는 바로 독서가 우리를 지혜로 이끌기 때문이다."

19세기 인문학자는 이렇게 당시 상황을 통해 독서가 가진 결정적 무기이자 결국 독서가 주는 행복은 지혜라는 답을 주었다.

현 시대를 사는 우리에게 스마트폰은 다양한 방법과 시도를 통해 인간이 원하는 지혜를 선사해 줄 능력으로 점점 진화해 가고 있다.

지난 가을 부대에서 시행하는 독후감 경연대회의 심사위원으로 선정되어 독후감 우수작 몇 편을 선별해 낸 적이 있다. 내가 선정한 수상작의 수상 소감을 듣는 순간 깜짝 놀랐다.

"저에게 핸드폰이 있었기 때문에 더 많은 책과 정보를 접하였습니다. 책을 많이 읽지 않는 편인데 전자책으로 흥미를 갖게 되어 더 많이 읽고 생각하는 계기가 되었습니다."

내가 어릴 적 유행했던 '어른들은 몰라요' 란 드라마와 동요가 있다.

"우리가 무엇을 좋아하는지 어른들은 몰라요. 우리가 무엇을 갖고 싶어 하는지 어른들은 몰라요. 어른들은 몰라요 아무 것도 몰라요 알약이랑 물약이 무슨 소용 있나요"란 노래를 부르며 꼰대 어른들에 대한 무지를 비꼬았다.

지금 내가 그런 어른과 같은 처지에 놓인 듯 느껴진다.

핸드폰으로 책을 읽고 핸드폰에게 지혜와 지식을 갈구하는 시대에 아무것도 모르는 어른이 되어 버린 내가 아닌가 하는 의구심이 든다.

읽지 못하면 듣기다
(오디오 북, 자면서도 들어라)

　　　　최근 차량으로 지방 이동하는 업무 횟수가 늘
면서 책을 읽을 시간이 부족했다.

노래만 듣기에 장시간 지루한 면이 없잖아 있기에 유튜브 채널을
연결하여 책 읽어주는 프로를 접하게 되었다.

'EBS 라디오 문학관', '오디오 북', '책 읽어주는 여자(남자)' 등 정
말 다양하고 신선한 게시물이 넘쳐 났다. 오디오 북을 들으며 2시간
이상의 장거리를 달리다 보면 어느새 목적지에 도착해 있음은 물론
책을 한 권 시원하게 읽은 듯한 흥미로움이 다가왔다.

물론 개인 방송으로 책을 읽어주는 유튜버도 있지만 성우들이 나
와 자신들이 맡은 캐릭터에 맞춰 목소리로 읽어주면 그 배역이 상상
되었고, 뒤로 깔리는 배경음악에서는 긴장감과 차분함 등을 고루 느

겼다. 듣는다는 것은 아주 원초적인 기술이기에 우리는 태어남과 동시 세상의 소리를 듣고 말하기를 배운다. 아기는 엄마라는 단어를 말하기 위해 수만 번 이상 엄마라는 단어를 반복해 듣는 과정을 거치므로 언어를 습득하게 된다.

비로소 듣고, 말하고, 생각하는 과정을 통해 다시 읽고, 쓰는 과정 반복한다.

미국 신학대 교수이자 목회자인 유진 피터슨(Eugene H. Peterson) 교수는 그의 저서 『이 책을 먹으라』에서 "하나님의 계시를 받는 최초의 신체 기관은 보는 눈이 아니라 듣는 귀다. 모든 성경 읽기가 하나님 말씀을 듣는 것으로 발전되어야 함을 의미한다. 읽는 것이 제일 먼저인 것처럼 보일지 모르지만 사실은 그렇지 않다. 독서보다 언제나 선행하는 것은 듣고 말하는 것이다. 우리는 책으로부터 혹은 글 쓰는 사람으로부터 말을 배우는 것이 아니라, 말하는 사람으로부터 배운다" 라고 강조하며 듣기의 중요성과 효과를 언급한다.

오디오 북이 독서의 좋은 대안이 될 수는 없지만 오디오 북을 독서의 에피타이저(appetizer)로 적극 활용한다면 독서의 질은 더욱 높아질 것이다.

우리는 영화를 보기에 앞서 영화사에서 제공하는 영화 예고편을 여러 번 관심 있게 본다. 예고편은 본 영화의 스토리를 짐작하게 하면서 영화에 대한 흥미를 더욱 자극하는데 바로 오디오북도 이러한 역할을 한다는 점에서 긍정적이다.

2019년 엠브레인 트렌드 모니터가 디지털 기기를 보유한 전국 만 19세부터 59까지 성인남녀 천여 명을 대상으로 오디오 북에 대한 설문조사를 실시한 결과, 아직까지 오디오 북은 대중적이지 못하지만 편리한 독서활동을 가능하게 하고 책에 대한 친근감을 높여 준다는 점에서 소비자로부터 성장 가능성을 내다본 바 있다. 조사에 참여한 65.8%가 오디오 북을 통해 독서에 대한 거부감을 줄여준다는 답변과 함께 66.9%는 오디오 북 만으로는 깊이 있는 독서를 할 수 없다는 답변을 했다.

오디오 북에 대한 부정적 편견도 많다. TV드라마처럼 한번 놓친 장면과 소리를 다시 되돌려 볼 수 없다는 것과 계속 집중해서 듣지 못한다는 견해가 있긴 한데 미국의 한 대학교 연구에 따르면 종이책보다는 이해도가 28% 낮다는 분석이 있다. 하지만 위 조사 결과처럼 독서에 대한 흥미를 갖게 하고 듣는 행위를 통해 책을 찾아 읽게 되는 반사적 행동이 오디오 북이 가진 장점이다.

병영에서 오디오 북으로 독서하기란 아주 효과적인 선택이며 병영 생활의 활력을 불러 일으켜 줄 선택적 대안이다. 다수가 생활하는 비좁은 생활 환경을 가진 현재의 생활관은 책을 읽기에 다소 산만하고 집중력을 잃기 쉽다.

하지만 오디오 북으로 작품을 듣게 되면 침대 위 신체적 휴식과 함께 자기계발을 동시에 할 수 있다. 특히 최근에는 오디오 북 플랫폼이 상당수 개발되어 월 1~2만원이면 수백 권의 책을 듣고 유용한 정보를 쉽게 얻어내기에 매우 유용하다.

솔직히 아직 나 역시도 두꺼운 문학작품을 읽는다는 것이 다소 부담스럽다. 하지만 오디오 북을 활용하면 문학작품을 읽을 때 훨씬 이해에 도움이 된다. 성우의 목소리가 글자 위로 들리는가 하면 어느 긴장감 넘치는 장면에서는 오디오 북으로 들었던 음악이 같이 들리는 듯해 책에 대한 몰입감을 더해 주었다. 그리고 내가 알지 못했던 부연 설명을 통해 작가의 세계관을 깊이 있게 들여다보며 책을 통해 작가를 이해하는 계기가 되기도 하였다.

결국 오디오 북은 맛있는 요리를 먹기 전 한편의 에피타이저이며 작품을 더욱 잘 포장하여 기억 속에 오래 남는 것이다.

장시간 기차를 타고 고향으로 향하는 휴가 장병의 귓속에서 한편의 오디오 문학작품을 선택하였다면 집으로 가는 내내 달콤한 즐거움과 동시에 솔솔 잠이 오게 하는 자장가로 다가와 줄 것이다. 어찌되었던 오디오 북으로 책 한권을 들은 당신은 한 권의 책을 마스터한 것이다.

PX는 언제나
당신의 호주머니를 노린다

　　　　　대한민국 군 복지 혜택이 예전과 달리 왠만한
선진국 수준급이어서 이제 충성클럽(P.X / 피엑스 : post exchange / 매
점)으로 납품되는 제품들은 시중가 대비 최대 70~80% 인하된 최상
의 제품들이 장병들에게 공급되고 있다.

　거기다 수입품 과자, 공산품, 주류까지 종류도 다양하게 제공되어
피엑스 퀄리티가 확실히 예전과 달라졌음을 인정한다.

　부대마다 시설 현대화가 이루어져 거의 부대시설 80% 이상이 현
대식 건축물로 재탄생되었다. 그러므로 피엑스가 과거와 같이 막사
로부터 멀리있지 않고 막사 내부 최기 거리에 위치하므로 피엑스는
장병들과 거리를 더욱 좁혀가기 시작했다.

　충분히 좋은 먹거리와 제품으로 승부하는 만큼 고객은 그러한 유

혹을 뿌리치기 어렵다.

장병 봉급은 매년 인상되어 이병이 받는 금액은 30만원, 병장이 받게되는 금액은 40만원(2019년 기준)이다. 이 정도 봉급 수준이라면 왠만한 중산층 가정에서 매월 이만큼 용돈으로 주기 어려운 금액이 아닐 수 없다.

국방부는 2022년까지 병영생활비를 보상하고 저축을 통해 전역시 한학기 등록금 수준의 목돈마련이 가능토록 점진적 인상을 추진하겠다고 밝혔다.

계급별 지급액   단위 : 원

이병	일병	상병	병장
306,100	331,300	366,200	405,700

병 봉급 인상   단위 : 원

계급＼연도	'14년	'15년	'16년	'17년	'18년	'19년
병 장	149,000	171,400	197,100	216,000	405,700	405,700
상 병	134,600	154,800	178,000	195,000	366,200	366,200
일 병	121,700	140,000	161,000	176,400	331,300	331,300
이 병	112,500	129,400	148,800	163,000	306,100	306,100
인 상 률	15%	15%	15%	9.6%	87.8%	-

〈병 봉급 지급액 : 2019 병 복지 길라잡이(참조) / 국방부〉

그러다보니 일부 장병은 봉급 절반 이상을 피엑스에서 냉동식품과 간식을 구매하기 위해 쓰고 있는 것이 사실이다. 이러한 유형의 병사는 부대에서 제공하는 식사도 수시 결식할 뿐더러 비만이 의심되는

병사이다.

슬기로운 병영생활을 위해서는 금전적으로 꼼꼼히 잘 관리해야만 제한된 복무기간 준비된 여유자금을 확보할 수 있다.

얼마전 피엑스에도 서점에서 잘 팔리는 베스트 셀러 도서가 진열되어 판매되는 간이서점 코너가 생겼다.

나는 피엑스 관리원에게 물었다.

"피엑스 간이서점에서 책을 사면 할인이 되나요?"

"네, 10% 할인된 금액으로 판매하고 일부 도서는 사은품으로 볼펜을 드립니다"

"그렇다면 장병들이 책을 많이 구매하나요?"

"아니요. 아직은...."

관리원은 멋쩍은 미소를 지으며 간이서점 판매대를 한번 쳐다보며 고개를 저었다.

군대 뿐 아니라 바깥 풍경도 마찬가지다. 카페에서 아메리카노와 당근 케이크는 쉽게 사먹을 여유는 되지만 서점에서 책을 구입하는 여유만큼은 유독 어렵다는 것이 요즘 사람들이 생각하는 소비 심리이다.

부대에서 제공되는 부식, 간식, 식사로 영양과 식욕을 충분히 채워줄 수 있다고 자신한다. 하지만 피엑스에 너무 많은 투자는 몸을 병들게 하고 전역 후 많은 후회를 남기게 될 가능성이 높다. 물론 써야

할 돈은 지출해야 맞지만 그것이 너무 과하게 지출되면 안된다는 충고를 하고 싶은 것이다.

매월 자기계발을 위해 얼마를 투자하는지 한번 점검해 보자.

봉급의 십일조를 도서 구매를 위해 정기적으로 사용하는 장병이 있다. 물론 몇 권 안되는 책을 구매하지만 책을 구매하는 병사는 나에게 이렇게 말한다.

"이것이 제 미래에 대한 투자입니다."

건빵주머니의 비밀
'무엇을 넣을 것인가'

군대 비상식이나 보존식으로 유명한 건빵을 모르는 사람은 없을 것이다.

요즘은 일반 마트에서도 흔히 보리건빵 등 건빵류 과자를 만날 수 있다.

무게65g, 가로 13.5 ×세로 16.5 사이즈의 건빵은 군대를 다녀 간 모든 이들의 허기를 달래주던 추억의 과자임에 틀림없다. 최근에는 장병들의 입맛과 영양을 고려하여 '야채맛 건빵', '참깨맛 건빵' 등 그 종류도 다양화하였다.

현재 한국군이 먹는 건빵은 하드택(hardtack)비스킷의 한 종류로 일본식 건빵에서 유래되었다.

일본은 개화기 서구 문물을 접하며 신식 군대를 개편과 동시 서양의 비스킷을 모방한 전투식량을 보급하기에 이른다. 특히 1894년~ 1895년, 청제국과 일본이 조선의 지배권을 둘러싸고 벌였던 청일전 쟁은 일본군에게 전투식량에 대한 중요성을 더욱 각인시키게 된다. 당시 청일전쟁에서 일본군이 취식한 식량은 '병량빵,' '고기통조림', '비스킷' 이었다. 일본군은 이미 1877년 메이지 6년 정변 이후, 메이 지 정부에 대항하여 각지에서 일어난 사족 반란과 같은 자국 내전인 서남전쟁을 통해 장기 보존식량 연구가 활발히 진행되었다. 특히, '에가와 타로자에몬' 이라는 일본 정부 관리 주도하에 1842년 유럽 군대식 전투식량을 모델화 한 일본 최초의 전투식량 '병량빵' 이 탄 생한다. 종이에 둘둘 말려 포장된 거친 빵 한덩이는 일본군 전투배낭 에 들어가기에 적합하였다.

이후 일본군은 딱딱하고 장기간 보존하기 유용한 비스킷을 개발하 는데 '여러 번 구운 빵' 이라는 뜻의 '중요면포' 라고 불렀다. 이후 '마른 빵' 이라는 뜻의 '건면포' 로 불리다가 1904년 건빵으로 불리게 되었다.

사료에 따르면 1930년대 조선에 주둔하는 일본군에게 첫 건빵이 보급되기 시작되었고 바다 건너 식량조달의 어려움을 인식한 일본군 은 조선에서 직접 건빵제조를 하기에 이른다. 일본은 자신들이 개발 한 전투식량인 건빵의 제조기술을 철저히 숨기며 오직 일본정부에서 승인된 기술자만이 조선 제과공장에서 건빵을 제조하게 하였다.

조선에서 대량생산을 통해 일본군에게 납품 후 잔여량은 전시비축 물자로 관리했다.

일본인들에게 간접 전수 받은 제과 제조기술은 해방 후 이어진 한국전쟁에서 건빵의 존재가 다시 등장하는 계기가 되었다.

하지만 한국전쟁 당시 건빵은 일본군이 남기고 간 비축물자와 자체 소량 생산한 건빵으로 충분히 굶주린 장병들의 배를 채워 줄 수 없었다.

당시 조선인은 하청업자 또는 단순 공장노동 등으로 건빵 제조를 어깨넘어 배워 익혔기 때문에 대량생산에 한계가 있었다.

백선엽 장군의 회고록에 따르면 일제강점기 일본 건빵제과 공장 경험을 가진 노동자인 '함창희'가 6.25 전쟁 후반기 미국에서 들여오는 밀가루를 공급받아 본격적인 건빵생산을 시작하였다 말한다.

건빵은 휴대성, 보존성, 간편성, 장기보존 가능성을 두루 가지고 있어 현재까지 많은 사랑을 받고 있다.

군대에서 건빵을 취식해 볼 기회가 있다면 주로 훈련이나 작전활동시 지급된다.

군인이 지참해야 할 전투 장구류, 비품 종류가 다양하여 군복에 주머니가 많으면 많을수록 유리하다. 전투식량을 지급받으면 군장 또는 반합에 함께 포장하여 휴대가 가능하다. 훈련시 건빵 한 두 봉지를 받게 되면 휴대할만한 공간이 부족하다.

하의 전투복 허벅지 부위로 가로 20cm, 세로 20cm 사이즈의 주머니 두 개가 달려있다. 이런 건빵 주머니가 달려있는 바지를 건빵바지라 부르는데 같은 뜻 다른 단어로 카고바지라 불린다. '카고' 라는 단어는 화물선이란 뜻인데 과거 화물선 승무원들이 카고바지를 주로 입어 활동성과 기능성을 보완해주었다.

군인들 전투복 하의는 이처럼 건빵 한 봉지 사이즈 대비 휴대가 가능한 주머니로 인식되며 건빵주머니라 불린다. 반드시 건빵만 휴대가 아닌 다양한 소지품을 휴대하기에 매우 유용한 주머니이다. 하지만 평시에 건빵을 넣을 필요가 없으니 건빵 주머니는 항상 비워져있다.

건빵 주머니는 쓰임새가 다양한 만큼 건빵 주머니에 담아야 할 진짜 주인공이 있다면 바로 '책' 이다.

"가지를 구부리면 나무가 기운다."라는 속담이 있다. 책의 가장 위대한 점은 그 무엇도 공짜로 주지 않는다는 점이다. 자기 자신이 성장하고 인생을 컨트롤 할 능력을 갖춘 삶을 살기 위해서는 독서로 스스로 동기부여하는 방법이 가장 효과적이다.

그렇다면 별거 아닌 것 같지만 두 개의 건빵 주머니는 당신의 꿈을 담을 주머니가 될 수 있다. 왠만한 책 규격은 건빵 주머니에 쏘옥 들어가 활동하는데 전혀 불편함을 주지 않는다.

좌측에 오래 천천히 읽어야 할 책을, 우측에 빨리 읽고 훌훌 털어

버릴 책을 휴대하여 읽거나 한권의 책과 노트를 휴대하여 읽고 쓰는 행동을 반복한다면 매우 좋은 독서활동이 될 것이다.

우리는 일과 중 절반은 불필요하게 딴 생각이나 흡연하며 시간을 때우거나, 잡담과 과한 휴식으로 시간을 낭비하고 있다.

바로 이 순간 당신이 선택하여 쉽고 간단하게 유익한 휴식을 보내는 방법은 건빵 주머니 있는 책을 꺼내드는 행동이다.

교육훈련과 작업 등 바쁜 일과 중에서 잠시 여유를 가질 시간이 주어진다면(교육훈련과 작업은 통상 50분 활동/ 10분 휴식) 어서 건빵주머니 책을 꺼내 읽자. 그마저 어렵다면 책을 분해하여 몇 장씩 수첩에 가지고 나와도 좋다. 저자는 논어를 낱 장으로 분해하여 매일 1장~2장 정도 휴대하여 읽었다.

쉽게 읽혀지지 않는 도서는 이렇게 낱장 분해하여 읽게 되면 지루하지 않고 장기간 한 권의 독서를 마스터할 수 있다.

10분간 휴식 함성을 외친 장병들은 대부분 흡연과 잡담으로 시간을 보낸다.

하지만 적당히 그늘진 곳을 찾아 책을 읽고 사색하는 5분, 10분은 결코 헛되지 않다. 15분 휴식과 30분 휴식도 교관의 능력에 따라 달라질 수 있으니 이 때야말로 책을 읽을 수 있는 절호의 찬스이다.

자신의 노력과 의지만 있다면 군대 복무 중에도 충분히 할 수 있을 거라 생각한다.

우리 주변에서 작고 가벼운 날개, 그에 비해 덩치가 크고 뚱뚱한 몸통을 가진 곤충 '호박벌'을 한번쯤 보았을것이다. 곤충학자 연구 보고서에 따르면 호발벌은 자신의 몸통크기 보다 작은 날개를 가졌기 때문에 '공기역학적 이론상' 절대 날지 못할 것이라 말한다. 그러나 모두의 예상을 깨고 하루 평균 200km를 누구보다 빠르게 날아다니는 이유는 호박벌 스스로 자신이 날 수 없다는 것을 알지 못하고 있기때문에 다른 벌에 비해 훨씬 더 많은 날갯짓을 한다. 호박벌은 다른 벌에 비해 작은 날개를 가지고 초당 250회 날갯짓을 통해 비로소 날 수 있게 되는 것이다.

이제부터 당신은 두 개의 건빵 주머니에 무엇을 넣을 것인가?

생각은 현실이 될 수 있다.

비록 내가 가진 것이 없다해도 우리에게 독서라는 최후의 방어진지가 버티고 있으므로 마지막 한발의 힘을 믿는다. 독서가 가진 위대한 상상력으로 소가 말이되고, 날지 못하는 호박벌이 수백 km를 날아가는 놀아운 현실을 곧 마주할 것이다.

크게 생각하고 크게 꿈꾸면 자신이 생각하는 대로 이루어진다는 진리는 변함이 없다.

이제부터 당신은 두 개의 건빵 주머니에 무엇을 넣을 것인가? 아직 보이지 않는 먼 미래인가! 지금 현실을 달콤하게 만족시켜 줄 과자봉지인가.

장교들의 독서생활
(장교들에게 독서는 기본이다)

　　논어의 학이(學而)편에 나오는 '본립도생(本立道生)'이란 사물의 근본이 서면 도는 저절로 생겨난다는 즉, 기본이 바로 서야 나아갈 길이 생긴다는 말이다.

　서부전선을 책임지는 한 야전군 사단장은 본립도생(本立道生)을 사단 전 장병들에게 강조하며 기본 없이 시작할 수 있지만 오래갈 수는 없다는 것을 통해 기본에 충실하자는 슬로건으로 부대를 지휘하고 있다.

　무슨 일이든 기본은 일의 시작이고 기본이 탄탄해야 제 기량을 발휘할 수 있다.

　내 주변에 사소한 일상의 기본을 지키는 한 영관장교(중령)가 있다. 이 분은 독서의 달인이라 불리우며 철저한 자기관리와 계발을 실천

해 나간다.

그런 달인의 경지에 도달한 사람의 생활은 뭐 그리 특별할 것이 없어 보였다.

나는 영관장교에게 구체적인 자기계발 실천 방법을 질문하였다.

그는 "매일 10분 동안 아침독서를 하면서, 아침식사하는 마음으로 양질의 영양을 주고 내가 좋아하는 책을 읽어 즐겁게 하루를 시작한다." 말하였다.

비록 하루 10분밖에 안되지만 책과 작가에 대한 이해가 깊어지고 스스로에게 귀중한 자기 수련의 장이 된다는 사실은 습관의 성과가 처음에는 작아 보이나 쌓이면 쌓일수록 가치가 늘어남을 말해준다. 즉, 아주 사소한 기본 원칙을 매일 실천하므로 남들이 말하는 달인의 경지에 오르는 것이다. 기본은 최고가 될 수 있는 아주 좋은 예이다.

장교들은 기본적으로 독서를 생활화하며 실천하고 있다.

미 2사단 젠킨슨 소령은 나의 가장 절친한 미군 장교이자 외국인 친구이다.

젠킨슨 소령은 매일 전투교범을 30분 정도 읽고 요약노트에 기록한다.

또한 그는 잠자기 전 반드시 30분을 투자해 고전소설과 위인전 한 페이지 분량 정도를 읽는다. 이처럼 24시간 중 단 1시간을 자기자신을 위한 시간으로 확보하여 1시간을 반으로 쪼개 효율적으로 사용하고 있다. 주말이 되면 도서관과 서점을 방문하여 1시간 이상 신간 서적과 스포츠 잡지 위주로 읽으며 시간을 보낸다.

그는 자신의 행동이 미 육사에서부터 철저히 습관화된 것이라고 말했다.

미 육사에서 토의문화는 매우 중요한 학습환경이었기 때문에 상호 지식이 바닥나지 않기 위해 끊임없이 지식 정보를 갈구해야만 상대방으로부터 질문에 막힘없이 대응할 수 있다. 교범을 읽고 동료들 앞에서 자신의 생각을 충분히 설득과 이해시키지 못하면 안 된다는 것을 배웠기 때문에 단순 교범을 읽더라도 왜? 라는 질문을 통해 자기만의 전술관을 생각해 말할 수 있게 스스로 연구하게 된다는 것이다. 교범 읽기가 독서와 연결되어 더 풍부한 사고력을 갖게 된다는 사실을 통해 교범은 장교들의 독서 기본기를 갖추는 데 매우 유용한 책 중 하나다.

교범은 단순 군사에서 쓰이는 교과서지만 교범 속에 함께 쓰여 진 전사(戰史)는 전장에서 생존하기 위한 기본법도와 양식을 자신에게 제공한다.

이렇게 장교들이 독서의 기본기를 갖추고 있는 것은 이들이 처음 장교가 될 준비과정에서 완성된다. 장교들은 양성교육 과정에서 많은 정신적·육체적 고통이 따른다.

육체적으로 고된 훈련을 감수함에도 불구하고 이들은 전술이라는 과목에 가장 많은 시간을 투자해야 한다. 양성과정의 기초와 기본을 잘 갖춰야만 훗날 전략 전술을 다룰 고급장교가 되는 것이다.

『세종처럼』을 저술한 박현모 작가는 "예로부터 장수는 한갓 위세와 무력만 숭상할 뿐 아니라, 반드시 학문과 덕을 닦아 근본으로 삼았다. 학문과 덕이 아니면 군중을 통솔할 수가 없으며, 무력이 아니면 적군을 복종시킬 수가 없기 때문이다."라고 말한다.

가장 바쁘고 긴장감 넘치는 야전부대에서 장교들의 생활을 자세히 들여다보면 장교들이 얼마나 자기관리에 적극적인지 잘 알 수 있다.

내가 거주하는 파주도서관은 주 대출 고객이 군인이다. 나 역시 매월 서점에서 정기적으로 구매하는 책이 있고, 도서관에서 대출하는 책이 구분되어 있다.

도서관에서 책을 대출시 보름동안 7권의 책을 대출 받을 수 있으나 정기적으로 책 대출 횟수가 많은 다독가는 10권까지 권 수가 늘어난다.

자신이 읽고 싶은 책을 신청하고 일주일 정도면 새로운 책을 받아 읽어 볼 수 있다.

도서관에 자주 들락거리다 보니 자연스레 도서관 사서와 친해지게 되었다. 도서관 가는 길에 아이스 아메리카노 한 잔을 책상에 올려 놓으며 슬쩍 물었다. "혹시 우리 마을에 책을 가장 많이 대출해 읽는 분이 누구죠?" 그 질문의 답이 내심 나이길 바랐던 것이다. 그러나 내가 아는 육군 대위가 대출 랭킹 1위였다. 내심 은메달이라도 받아야 한다는 생각에 "그럼 두 번째는 저 맞죠?"라고 물으니 사서는 고개를 저으며 "아니! 장소령은 랭킹 14위인데.."라고 웃으며 내 얼굴을 바라보았다.

"사서님 혹시 제 위로 도서 대출자 명단 한번 보여 주실 수 있나요?"라며 사서 컴퓨터로 얼굴을 쑤욱 들이 밀었다.

진짜로 내 이름 위로 13명이 나 있었다. 이중 11명은 내가 아는 장교들이었다. 내 명단 아래에도 도서 대출자 수십여 명은 부사관, 장교들이 다수였다.

"이봐 뭘 그렇게 놀라나. 내가 여기 전방 도서관에 10년 넘게 있었지만 자네 같은 장교들이 책을 많이 읽어주니 우리 도서관이 이렇게 활성화되는 거 아닌가?"'라고 말하며 사서는 내 어깨를 툭 한 번 쳤다.

"소위, 중위 이 친구들이 책을 많이 읽더라고, 특히, 자기계발에 관한 책을 많이 대출해 가더라고." 사서는 자신의 컴퓨터를 몇 번 뒤적거리며 말했다.

순간 양성교육에서 익숙한 독서기술을 아직 망각하지 않은 초심 탓일지 모른다는 생각이 들었다.

일본 메이지 대학교 사이토 다카시 교수는 그의 저서 『내가 공부하는 이유』에서 이렇게 강조한다. "공부를 잘한다는 사람들을 보면 공통점이 있다. 그게 무엇이든 자기에게 최적의 결과를 가져다주는 공부법이 무엇인지를 정확히 알고 있고, 그것을 무기 삼아 노력해 왔다는 것이다."

병사들과 나이,학력 차이가 별로 나지않는 초급 장교들이 서로 작은 차이를 극복하기 위한 무기는 오직 독서뿐이다.

지금 읽지 않으면 언제 읽어 볼것인가?

장교들은 오직 읽고 쓰고 말하고 생각하므로 진정한 장교로 만들어 진다는 기본적인 진리가 오직 초심 독서에 달려 있다는 사실이다.

바로 지금 이 순간 읽지 않으면 부하를 지휘할 수 없다는 아주 기본적인 진리가 장교를 더욱 품격있고 더욱 세련된 리더로 만들어 준다는 사실을 나는 항상 믿고 있다.

독서를 믿으라 그리하면
구원 받을 것이니

'믿음으로 산을 옮길 수 있다'는 성경 구절이 있다.

믿음은 인생을 성취하고 통제하는 일종의 컨트롤 타워이다.

믿음을 방해하는 것은 두려움이다. 끊임없이 불안하게 하여 자기 자신을 연약하게 만들어 버린다. 물에 대한 두려움을 없애기 위해서는 물 속으로 뛰어드는 수밖에 없다.

일단 물에 적응하면 두려움은 사라지게 된다.

운전면허를 취득하기 위해 운전대를 처음 잡은 날을 기억해보자.

콩닥거리며 뛰는 가슴으로 검은 아스팔트 도로를 내달리는 순간 보조석에 앉아 계신 주행실습 선생님의 잔소리가 시작된다.

"부드럽게 브레이크 밟으세요." "기어 드라이브" "천천히" "좌측

깜빡이 넣으세요"

잔소리처럼 들리지만 그 분이 있어 왠지 든든하고 거뜬히 고속도로 정도는 달릴 수 있을 듯 하다. 그러나 선생님이 없는 운전을 시작한 순간 이미 초긴장 상태를 유지하며 뒤에서 경적만 울려도 멘탈이 파괴되는 상황에 직면하게 된다.

하지만 정신을 똑바로 차리고 선생님의 철저한 학습지도와 우수한 나의 두뇌를 믿는 순간 도로 주행은 짜릿한 롤러코스터와 같다.

이처럼 나 자신을 신뢰하고 행동으로 실행하는 순간 두려움은 사라지는 것이다.

나를 믿고 신뢰하게 만들어 주는 것이 바로 독서이다.

독서는 세상 밖 도로를 달릴 수 있게 상세히 가르쳐 주는 주행도로 선생님과 같다.

처음에는 차량이 드문 시내 골목 도로를 달리다 운전이 익숙해지면 이어서 그보다 더 많은 차량을 만나는 국도를 달린다. 이 정도면 괜찮겠다 싶으면 드디어 고속도로 주행을 시작한다.

주행실습 만큼 독서라는 것 또한 크게 다르지 않다. 자동차와 내가 하나가 될 때 비로소 자신이 원하는 대로 주행할 자신감이 생긴다.

나의 신체는 자동차이며 내면과 정신은 신체를 조작하는 운전자이다.

이 둘은 무엇으로부터 어떻게 배우고 깨우치는가에 따라 삶의 방향성이 정해지고 인생이란 험난한 여행을 떠나게 된다.

독서는 신체와 정신을 하나로 엮어주는 좋은 선생님이자 훌륭한 멘토이다.

하지만 독서는 누구나 처음 읽는 순간이 어렵고 이해하기 위해 많은 생각과 노력이 필요하다.

우린 독서의 힘을 믿는 순간, 책이 가진 모든 진리가 나에게 전수된다. 비로소 독서는 자신이 무엇을 믿게 되느냐에 따라 산을 옮길 만한 거대한 힘을 발휘하게 하는 것이다.

조선 후기의 학자 이덕무는 선비의 작은 예절이란 뜻을 가진 『사소절(士小節)』에서 다음과 같이 강조한다.

하흠이 말했다.

"오늘 날 독서하는 사람은 그저 믿지 않는다. 그래서 소득이 하나도 없다."

글귀에서 강조한 것처럼 독서는 책을 믿음으로 나에게 이득이 되게 하는 행위이다.

자신에게 변화되는 보람을 얻기 위함은 독서를 믿는 것이다.

독서를 믿어라 그리하면 반드시 당신이 원하는 모든 것을 이룰 것이니 그것이 곧 구원의 지름길이다.

청춘 에너지를 발산하라

내가 가진 전략무기가 어떤 종류인가에 따라 전장 주도권을 확보하고 승패를 결정한다. 군 입대는 삶 속에 필수조건이자 내 인생의 1.5%를 차지하는 중요한 순간이다. 여기 군대에서 제대로 된 인성과 가치관이 성립된 청춘만이 세상을 제대로 살아갈 특권이 주어진다고 믿는다. 그러나 똑같은 청춘임에도 불구 각기 다른 삶을 살아가는 청춘이 있다. 게으름을 가진 사람들이다. 사회에서도 마찬가지겠지만 군대는 공동체이자 단체생활을 하는 집단 조직이다. 때로는 한 명의 실수가 부대 전체 또는 나라 전체를 위기에 몰아넣을 수 있는 곳이 군대이다.

이러한 군대에서 게으름은 최대의 적이자 청춘을 병들게 만드는 무기이다.

예비역 미 해군 대장 맥 레이븐(William McRaven)은 2014년 텍사스 대학 졸업 축사연설에서 자신이 해군 대장에 오를 수 있었던 비결을 이렇게 말한다.

"세상을 변화시키고 싶으세요? 침대 정돈부터 똑바로 하세요. 매일 아침 침대 정돈을 한다면 여러분은 그날의 첫 번째 과업을 완수하게 되는 것입니다."

예비역 미 해군 대장 맥 레이븐(William McRaven)

별 넷 장군의 연설은 너무 단순하기 그지없지만 우리는 이 단순함 자체의 비결을 너무 모른다는 것이다. 하루의 시작을 침구류 개는 일에서부터 정성껏 시작한다는 것이야말로 소중하게 시작하는 하루에 대한 예의가 아닐까 생각한다.

이불 개기와 같은 작은 일도 해내지 못하는 게으른 자는 큰일도 해내지 못한다는 깨달음을 준다. 이러한 사소한 습관이 멀지 않은 미래, 사회 진출 시 엄청난 열정과 추진력으로 나의 삶을 질적으로 변화 시켜 줄 것이다.

EBO 전술은 당신에게 말한다. "당신은 이미 최고의 효과를 가진 무기를 가지고 있다고."그 무기는 당신이 지금 가진 청춘을 통해 발산하는 에너지이다.

『바쁜 사람에게 일을 시켜라 / 프롬북스, 2012』의 저자 앤 왓슨은 이렇게 말한다.

"몸과 마음은 연결되어 있는 하나다. 뛰어난 인재는 에너지가 가득하다. 그들은 항상 무언가를 하는 것처럼 보인다. 어떤 여건도 극복하며 절대 지치지 않는 것처럼 보인다. 무언가가 되기를 바란다면 '바쁜 사람을 시켜라' 라는 말이 있다. 바쁜 사람은 끊임없이 에너지를 발산하기 때문이다. 그들은 영원히 방전되지 않는 배터리와 같아서 대부분 사람보다 많은 일을 할 수 있으며, 바쁘게 일하는 것을 즐긴다."

청춘을 활용한 에너지를 충만하게 충전하기 적합한 지금의 환경은 결국 당신을 열정적인 사람으로 만들어 주기에 알맞다.

게으름이란 적과 싸워 '이기냐 지냐' 문제를 가지고 신중하게 자신과 분석해야 할 것 이다. 청춘이 방황하지 않게 당신을 돕겠다고 한다면 당신은 지금 책을 한두 권 들고 도서관 또는 편안한 침대에 앉아 지식 에너지를 보충하고 있을 것이다.

EBO 전술은 당신에게 청춘이란 무기를 효과적으로 활용하되, 독서와 운동을 통한 에너지를 끊임없이 요구하게 될 것이다.

기상 후 이불을 개는 단순함이 세상을 바꿀 엄청난 에너지가 되었다면 당신이 읽고 있는 한 권의 책은 위대함을 넘어 나를 이 세상에서 두 번 살게 하는 엄청난 기적을 체험하게 할 것이다. 그리고 주위를 돌아보라. 당신을 그동안 유심히 보고 배운 전우들은 지금 당신 앞에서만큼 스노비즘(Snobbism) 적 자세로 대할 것이다.

이제부터 엄청난 청춘 에너지를 발산할 준비가 되었는가?

"오케이"라 생각했다면 이미 에너지의 90%가 발산되었다.

나머지 10%는 오늘을 위한 휴식이다.

"장애물을 만났다고 반드시 멈춰야 하는 것은 아니다.

벽에 부딪힌다면 돌아서서 포기하지 말라.

어떻게 벽에 오를지, 벽을 뚫고 나 갈 수 있을지,

또는 돌아갈 방법은 없는지 생각하라."

– 마이클 조던 Michael Jordan –

chapter 03

기회의 신은
지금 내 앞에 있다

찬스를 잡아라!

　　　　　사람은 기회를 발견해야 할 뿐만이 아니라 기회를 만들기도 해야 한다.

- 프란시스 베이컨(Francis Bacon) -

'때'를 나타내는 말의 그리스어는 $\kappa\alpha\iota\rho\acute{o}\varsigma$(카이로스)와 $\chi\rho\acute{o}\nu\circ\varsigma$(크로노스)의 두 가지이다. 이 중 '크로노스'는 일반적인 의미의 시간으로 모두에게 공평하게 주어진 시간 개념이다. '카이로스'는 순간이나 인간의 주관적인 시간을 나타내고, 카이로스는 사건과 기회, 혹은 위기로 이해되는 시간이다.

이탈리아 토리노 박물관에는 카이로스의 조각상이 있는데 이 신상은 벌거숭이 젊은이가 달리는 모습을 하고 있다.

발에는 날개가 달려있고 오른손에는 날카로운 칼이 들려있으며 이마에는 곱슬곱슬한 머리카락이 늘어뜨려져 있지만 뒷머리는 민숭민숭한 대머리의 모습이다.

이 신상을 본 시인 포세이디프(Poseidipp)는 이렇게 노래했다

"시간은 쉼없이 달려야 하니 발에 날개가 있고 시간은 창끝보다 날카롭기에 오른손에 칼을 잡았고, 시간은 만나는 사람이 잡을 수 있도록 앞이마에 머리칼이 있으나 시간이 지난 후에는 누구도 잡을 수 없도록 뒷머리가 없다."

카이로스의 앞머리가 무성한 이유는 그를 발견한 자가 그의 머리채를 쉽게 붙잡을 수 있도록 하기 위해서라고 한다.

지나간 그를 다시 붙잡는 것은 불가능하고 전해진다.

뒷머리가 대머리인 까닭에 머리카락을 붙잡는 것이 불가능할 뿐만 아니라 발에 날개가 달려 있어 순식간에 사라져 버리기 때문이다.

한번 지나가면 다시 잡을 수 없는 것, 그리스 사람들은 이를 기회라고 보았다.

카이로스가 들고 있는 저울과 칼은 무엇을 의미하는 것일까?

그것은 기회가 왔을 때 해야 하는 행동을 의미한다.

정확한 판단을 위해 저울이 필요하고 날카로운 결단을 행동으로 옮기기 위해 칼이 필요한 것이다. 기회를 잡는 것은 기회를 발견하는 것만큼이나 어려운 일이다. 기회가 오기 전에 정확한 판단력과 날카

로운 결단력을 갖추기 위해 노력해야겠다.

한 번 놓친 기회는 앞이마를 우리에게 다시 보여주지 않는다.

시간은 곧 기회이다.

비슷한 얘기로 두 사람이 길을 가고 있다. 한 사람이 물었다.

"아주 아름다운 모습을 하고 있군요. 이름이 무엇입니까?"

"내 이름은 '기회' 입니다."

"누가 그렇게 아름답게 만들었나요?"

"고대 그리스 조각가 '리시 푸스(Lysippus)' 가 만들었답니다."

"그런데 왜 그렇게 빨리 갑니까?"

"저는 빨리 지나쳐버리지요."

"앞머리는 왜 그렇게 길지요?"

"내가 '기회' 임을 사람들이 알아보지 못하게 하기 위해서죠."

"그런데 뒷머리는 왜 그렇게 말끔히 벗겨졌나요?"

"내가 한 번 지나가면 다시 붙잡을 수 없다는 것을 보여주기 위해서죠."

'기회' 는 누구에게나 있다. 지금 당신 옆으로 기회가 지나가고 있다.

결국 주어진 기회를 놓치고 나면 후회만 남는다.

성공은 어느 날 갑자기 찾아오는 게 아니다. 늘 준비하고 만들어가야 한다.

군 입대는 어른으로 성장하기 위한 관문이자 성공의 길 안내자
이다.

병영생활을 기회로 만들어 전역 후, 보다 나은 삶을 살아가기 위한
철저한 준비를 한다면 이 순간이 진정한 찬스가 아닌가 생각해 본다.

바로 지금이 내가 가장 확실한 준비를 할 수 있는 인생의 선물 같
은 시간이다. 기회가 왔을 때 준비하지 않는 사람은 행운을 놓칠 수
밖에 없다.

540일 후 일어날 위대한 삶을 위해 바로 지금 준비하라고 먼저 다
녀 간 선배 전우들은 강조한다.

기회의 신, 카이로스

군대는 당신에게 방향을 제시하고 군대는 당신에게 인생을 가치있게 살아갈 병법을 가르쳐 줄 것이다. 단, 그 가르침은 540일 당신에게 주어진 제한된 시간 안에서만 가능하다.

신나게 하루하루 놀고 먹을 것인가 아니면 잠재된 자신의 슬기와 재능을 깨워 야수의 본능을 알아챌 것인가.

이제 선택은 나에게 달려있다.

군대에서 해외여행 준비하기

2007년 가을, 이등병 4명이 대대로 전입을 왔다. 그중 한 이등병은 면담 중 자신의 꿈을 말해주었다. 전역 후 단 한 번도 가보지 못한 일본에 가서 최고의 요리사가 되는 게 꿈이라고 말했다. "그럼 넌 일본어를 잘 하니?"라고 묻자 "못한다"는 대답을 했다.

"그럼 요리는 해 보았니?"라고 묻자 "안 해봤다"는 대답이 돌아왔다.

나는 고개를 갸우뚱거리며 이등병의 눈을 응시하자 이등병은 살짝 미소를 보이며 말했다. "지금부터 하려고 합니다."

나는 이등병에게 칭찬하며 말했다.

"넌 이미 일본 최고의 요리사가 될 자격이 충분하네, 한번 해보자."

몇 년이 지난 뒤 나는 다른 부대로 전출 갔고 SNS로 한 통의 문자가 왔다.

요리사 복장을 한 청년의 뒷배경은 분명 일본어로 쓰여진 식당이었다.

조금 더 세련된 모습으로 변해버린 청년은 그때 그 이등병이었다.

"대하야! 너 맞지?", "네, 저 대하입니다."

"저 지금 일본 오사카 유명 호텔 주방장이 되었습니다."

우리 둘은 SNS를 통해 다시 만나게 되었다. 그런데 나에게 기억하냐는 말을 꺼내기까지 나는 그가 왜 일본에 가 있는지 몰랐다.

내가 믿어주었기 때문에 도전할 수 있었다는 뜻밖의 말을 들었다.

어린 시절부터 꿈꿔 온 셰프는 바쁜 학업과 일상 탓으로 도저히 꿈꾸기 어려운 상상 속 세상이었다. 하지만 군 생활은 자신에게 충분한 시간과 여건을 보장해 주었고 틈틈이 자신보다 경험이 앞선 전우들에게 언어와 외국에 대한 이야기를 많이 접해들었다는 것이었다. 거기다 취사병이란 직책까지 맡게 되어 여러 음식에 대한 실험과 탐구를 할 수 있어 시킬 수 있었다고 하였다.

나는 전역하는 장병들을 면담할 때마다 그들에게 말해준다.

사회로 나가면 바로 직장으로 가지 말고 일주일 또는 한 달 쯤 멀리 여행을 떠나라고 권한다. 인생은 여행과 같다. 어떻게 보면 지금 군 생활 역시 삶의 한 여행이다.

내가 속해있던 사회는 내가 있던 자리였고 오래 머무를 공간이자 삶의 연속이다.

그 공간에서 잠시 벗어나 군대란 여행을 통해 또 다른 나를 만나게 되었고, 이제 다시 내가 원래 있던 공간으로 돌아가야 할 시간이 다가온다.

전역 후 장병들은 일주일 또는 보름간 습관적으로 꿈 속에서 군대 기상나팔 소리에 맞춰 잠에서 깨거나 전우들과 축구하는 사색에 잠긴다. 오랜 여행의 여운 탓이다.

그래서 나는 사회로 바로 돌아가기보다 여행의 여행을 통한 더 나은 깨달음을 얻고 사회로 나가도 늦지 않음을 말한다.

『여행의 기쁨/어크로스, 2016』의 저자 실뱅 테송(Sylvain Tesson)은 "여행자는 승리자가 되어 이 투쟁을 끝낸다. 오로지 자신의 힘만으로 세상을 활보하는 자가 시간의 또 다른 차원, 더 두텁고 더 촘촘한 차원을 탐사하게 될 것이다."라고 말한다.

내 나이 정도 (이 글을 쓰는 시점이 마흔셋이다.) 즈음 되면 하나같이 후회하는 게 있다. '마음껏 세계를 누비고, 전국을 여행해 보지 못한 것' 에 대한 후회이다.

오직 취업이 내 모든 인생의 전부라 생각하고 달려왔던 지난 시간을 이제 되돌릴 수 없다. 결국 남들처럼 처자식 다 먹여 살리느라 고생은 다하고 노년이 되어서야 패키지로 유럽여행을 떠나는 모습을 보면서 '결국 나도 저렇게 되는구나' 하며 아쉬워할 뿐이다.

그러나 상상해 보라. 전역 후 당신이 홀로 떠나는 아름다운 여행의 기쁨을..

혼자 떠나는 여행은 자신의 내면에 귀 기울일 수 있다. 주변을 의식하지도 간섭받지도 않을 자유를 만끽할, 일생에 몇 번 없을 기회가 된다. 그 순간 내가 어떤 사람인지 스스로 겪어보고 나를 발견하면서 나에 대한 이해가 깊어진다.

'군 생활도 벅찬 마당에 무슨 해외여행이냐' 란 생각이 들겠지만 천만의 말씀이다.

군 입대와 동시 여행경비 재테크를 해보는 것도 매우 효과적인 생각이다.

이등병부터 지급받는 봉급 중 자신의 생활여건을 고려하여 일정 금액을 적금하게 되면 전역 후 받을 이자와 함께 충분한 여행 자금이 만들어진다.

최근에는 장병들의 외국여행을 권장하는 적금 상품도 등장해 눈길을 끌고 있다.

전역일은 정해진 그날, 곧장 집으로 향한다.(물론, 징계를 받아 전역일이 연장되어 문제가 되었다면 어쩔 수 없지만) 그리고 전역 전 휴가는 충분히 보장 받을 수 있다.

그렇다면 최소 3개월 전부터 여행지와 비행기표를 알아볼 수 있는 시간적 여유가 충분하다. 더욱 저렴한 항공료 티켓을 확보하고 핸드폰으로 여행지 정보를 충분히 파악할 여유가 충분하다는 것이다.

전역 후 해외여행을 준비한다면 군 생활 시작과 동시에 하는 것이 가장 좋다.

이미 군 생활이란 여행을 통해 새로운 사람들과 만남, 스토리 텔링이 만들어졌음을 부정하지 말아야 한다. 남이 만들어 놓은 인생이 아닌 나만의 인생을 찾아 떠나는 여행의 기쁨이야말로 지금까지 겪어보지 못한 짜릿한 순간이 아닐까.

전역 후 나만을 위한 여행을 자신에게 선물한다는 설렘은 시간을 더 빨리 가도록 한다. 고생한 나에게 이 정도 선물은 해줘야 하지 않을까.

미국의 소설가 마크 트웨인(Mark Twain)은 망설이는 당신에게 이렇게 말한다.

"지금으로부터 20년 뒤, 당신은 한 일보다 하지 않은 일로 후회하게 될 것이다. 닻줄을 풀고, 안전한 항구에서 나와 항해를 시작하라. 탐험하고, 꿈꾸고, 발견하라."

304일간 29개국을 방랑한 청년 식객 '정믿음'의 이야기 『당신의 그 미소가 좋아서 /바이북스,2019』에 수록된 짧은 그의 이야기를 소개한다.
사실 굳은 결정을 하고도 매일 두려움이 앞선다.
나는 지극히도 평범한 사람이니까. 누구도 요리를 잘하지도, 외향적인 성격도, 외국어 능력자도, 그렇다고 금수저 집안은 더더욱 아니었으니까. 하지만 그래서 더 잃을 것도 없었고 이제 더는 미루기 싫었다. 간절한 마음으로 진심을 다해 도전했다.

23년의 나를 내려놓고 어릴 적 꿈 하나를 바라보며 여행을 준비했다.

그리고 한국인을 대면하는 것조차 두려워하던 내가 드디어 내일 세계를 향한 첫발을 내딛는다.

사실 아직도 미칠 듯이 두렵지만 당신이 지어줄 미소를 생각하며 용기를 내본다.

☞아직 여행을 망설이고 있다는 정믿음의 책을 권한다. 떠나라 ! 심장이 뛰는 지금 !

병영문학상에 도전하여 작가를 꿈꿔라

2018년 육군 부사관학교에서 근무한 병장이 전역과 동시 한권의 책을 세상 밖으로 탄생시켰다. 손유섭 병장은 군 생활 경험담을 통한 『손 병장은 어떻게 군대에서 2000만 원을 벌었을까?/라온북, 2019』란 제목으로 슬기로운 군 생활 경험담을 잘 풀어 썼다.

손 병장은 그의 책에서 이렇게 말한다.

"군대를 기회의 땅으로 만들 수 있는 사람이라면 나는 단언컨대, 이 시대 최대의 불황과 위기라 불리는 지금의 사회에 나와서도 무조건 성공할 수밖에 없는 인물이 되리라고 장담한다. 당신은 군대를 어떻게 사용할 것인가?"

그런 그가 자신의 노하우를 공개한 방송이 있었는데 결국 그 방법이 단순하다.

군 생활을 아주 효과적으로 잘 활용하여 자기관리를 해 왔던 사실이다.

그 중 손병장은 150권이란 책을 읽고 매일 조금씩 집필을 준비했다.

거기다 자기계발을 위한 공부에도 틈틈이 시간을 투자하여 다수의 국가공인자격증을 획득했다. 이등병부터 계획한 자신만의 버킷 리스트를 결국 완성하였다.

군대를 잘 활용한 또 한 명의 장병은 청춘의 한계에 도전한 육군 6포병여단 윤진영 상병이다.(국방일보/2019.4.24.,조아미 기자 취재) 입대 후 끊임없는 아이디어를 제공하고 부대 제도 개선에 많은 노력을 한 공로로 다수의 대대장 표창을 받았다. 이렇게 부대 생활에 열심히 노력하는 윤 상병은 자기개발 노력에도 많은 공을 들인다.

윤 상병의 이런 노력의 이면에는 비결이 숨겨져 있다. 매일 적절한 운동과 독서, 사색이다. 하루 일과를 잘 토막내어 자신이 오늘 무엇을 하려는지 철저한 계획을 수립하여 실행에 옮기는 것이다.

윤 상병은 매일 자기 전 5~10분 독서하는 습관을 통해 입대 후 100여권 넘게 책을 읽었다. 그리고 연등과 짬짬이 학습활동 시간을 만들어 e-러닝 강좌를 통한 CNN뉴스를 수강하였다. 이러한 노력 끝에 윤 상병은 기대 이상 효과를 체험하였다.

네덜란드 로테르담 대학에서 6개월간 강의를 들을 수 있는 교환학생으로 선발된 것이다. 윤 상병은 자신있게 말한다. "전역하기 전 군에서 배울 수 있을 때 다 배우고 나갔으면 좋겠습니다. 청춘의 한계에 도전해 보세요"

위 두 사례를 보고 '늦었다' 라고 생각했다면 아직 늦지 않았다는 것이다.

지금 병영 도서관에 당신을 기다리는 수 천 권 책들이 줄 서 대기 중이고, 당장 책을 많이 읽은 경험을 가지고 있다면 군대에서 작가의 꿈을 가져 보는 것도 매우 중요한 찬스라 생각한다.

실제 내가 아는 병장은 이등병부터 영화 시나리오를 준비하여 전역 후 배급사에 많은 돈을 받고 계약이 성사되었다. 시나리오뿐이겠는가 평소 글쓰기에 관심이 있었다면 핸드폰을 활용한 daum - brunch 작가 등단 준비도 자신의 글이 작품이 되는 공간이 될 절호의 기회이다.

하지만 결국 책을 낸다는 것과 작가로 진출은 독서를 통해 배울 수 있다.

책을 쓰는데 중요한 것이 독서를 얼마큼 했느냐에 따라 필력이 달라진다는 말이다.

책을 많이 읽으면 생각이 많아지게 되고, 생각이 많아지면 자연스레 글쓰기로 이어진다는 공식이다. 책을 읽는다는 것은 결국 글을 쓰기 위해 읽는 것이다.

이제 읽었으면 써야한다. 만약 노트에 적기 어려우면 앞에 말한 브런치 또는 밴드의 글쓰기 동호회 등에 가입하여 매일 자신의 생각과 의견을 써나가면 그것이 모아져 하나의 스토리 텔링이 된다.

어떤 글이던지 일단 펜을 든 순간 이야기는 시작되었다. 자신이 읽은 책에 의해 글의 종류도 달라진다. 시를 읽고 감수성이 풍부한 사람이었다면 시를 쓸 것이고, 소설을 주로 읽고 풍부한 상상력을 가진 사람이었다면 소설을 쓸 것이고, 수필을 즐기고 일상을 사색하는 사람이었다면 일기와 같은 수필을 쓸 것임에 틀림없다.

또한 좋아하는 작가가 있다면 그 작가의 글을 필사하여 그대로 베껴 써 보는 것이다.

그러면 작가의 문체에 익숙해지므로 나의 문장력이 보다 향상될 수 있다.

짧고 간결한 글을 쓰고 싶다면 당장 행정반과 생활관에 비치된 '국방일보'를 읽어야 한다.

나 역시 신문을 많이 읽는 편이지만 그 중 국방일보처럼 잘 정돈되고 간결하게 편집된 기사를 본 적이 없다. 국방일보 기사는 대략 24페이지 분량을 지면으로 내는데 그 중 '오피니언'과 '병영의 창'에 소개되는 칼럼, 기고는 매일 읽어 볼 가치가 있다.

기고를 읽다보면 글쓴이가 무엇을 말하려 하는지에 대한 팩트를 찾아낼 수 있고, 간결한 글을 어떻게 쓰는지에 대한 기본을 익히기

적합하다.

다시말해 분명히 글은 쓰면 쓸수록 늘 수밖에 없다.

국방부는 매년 병영문학상 작품을 공모한다.(2020년 기준 19회가 된다)

모든 장병이 참가 가능한 공모전에 총 4200만 원의 포상금과 한국 문인협회 입회자격이 주어진다. 거기다 장관급 상장이 주어지기에 포상휴가는 보너스다.

만약 지금 도서관이나 생활관에서 열심히 독서하고 있다면 그 중 십일조는 글을 쓰기로 약속하자. 어느 가을날 뜻밖의 선물과 함께 당신은 판타지 소설 작가가 되어 전역할 가능성이 농후하니까.

"오늘은 당신의 남은 군 생활의 첫 번째 날입니다." .

몸짱 만드는 게 가장 쉽다

최근 입대 장병들 중 비만형 체형이 상당히 많이 보인다. 그 이유는 우리 식습관이 서구식으로 바뀌었고 그만큼 활동량도 적어졌기 때문이다.

군대에서 자칫 자기관리에 소홀하면 금세 10kg 늘어나는 건 시간 문제이다. 적어도 전역 장병 대부분 입대 전보다 많이 불어난 체중 때문에 고민을 토로한다. 이러한 병사들은 자기관리가 소홀한 케이스다. 물론 아침, 저녁으로 뛰고 상당량 활동하므로 소모되는 칼로리가 만만치 않지만 우리가 섭취하는 군대 식단은 활동한 만큼 플러스된 칼로리를 제공하고 있기 때문에 절대 방심은 금물이다.

특히나 요즘은 책과 담을 쌓고 철저히 핸드폰에 의존하거나 오로지 TV 신봉자가 된 병사들이 종종 눈에 띤다. 군대에서 위 두 가지에 의존하면 입대 전과 별반 차이가 없다.

차라리 나가 구보나 구기운동을 통해 전우들과 친분 관계를 유지하는 게 백배 나을 법하다. 이들에게 독서 근육을 키우는 것은 잠시 접자, 그러면 방법은 몸 근육을 단련시키기라도 해야 않을까. 도서관에게 맞서는 유일한 시설이 바로 체육관이다.

체육관 시설 만큼이나 생활 편의 시설에 지원하는 군 복지 예산도 책 만큼 만만치 않다. 특히, 신세대 장병들이 선호하는 풋살 경기장을 부대별로 건립하여 병사들의 체력단련 여건을 크게 향상시키고 있다.

풋살은 좁은 공간에서 할 수 있는 미니축구로서 5:5로 경기를 펼치며 축구만큼 체력 소모가 많은 운동이다. 풋살은 쉬지 않고 계속 뛰어야 하는 운동이므로 지구력 향상과 순발력, 민첩성, 신속한 판단력이 발달하게 된다.

풋살은 경기시간이 전반전(20분), 후반전(20분)으로 골키퍼(1명), 필드플레이어(4명)로 구성된다. 축구에는 작전타임시간이 없지만 풋살은 전·후반전 각각 1회 1분 작전타임이 가능하다. 참고로 풋살공 규격은 축구공 규격 5호와 다르게 4호 풋살공을 사용한다.

이와 같이 한 개 동기 생활관 인원으로 언제든 자유롭게 풋살장을 이용 가능하며 체력을 단련하기 매우 우수한 운동이다.

국방부 자료에 따르면 2023년까지 총 1,204개소의 풋살장 건립이 추진된다 하니 예산도 이미 1,596억 원이 된다고 한다. 개소당 1.5억 원이 반영되는 셈이다.

만약 입대 전 이 책을 읽는 독자라면 당장 아울렛 매장으로 향해 풋살화 한족을 구매해 가지고 들어가기 바란다. 물론 충성클럽(P.X) 에서 풋살화 판매가 되고 있지만 본인이 원하는 디자인과 브랜드를 선택하기 어려운 점 잘 알아두기 바란다.

풋살 매니아들이 양산되는 현 시점에 풋살 만큼이나 소수 매니아 층을 이루는 곳이 있다. 바로 헬스장이다. 헬스장은 입대 전 동네에서 본 피트니스 정도의 시설은 기대하지 말고 적당히 있을 것을 갖춰 놓은 미니 헬스장 수준으로 생각해 주기 바란다.

기본적으로 런닝머신, 사이클, 체스트 프레스, 랫 풀 다운, 레그 익스텐션은 기본으로 갖추어 놓았다. 여기에 아령과 역기 정도는 당연히 있다고 보면 된다.

그런데 이곳을 가만 들여다보면 꽤 몸 좋아보이는 트레이너 병사들이 한 둘 있기 마련인데 바로 이 트레이너 병사들이 헬스장 주도권을 가진 실세들이다.

결국 이들도 후계자를 양성하고 전역을 하기 때문에 후임병에게 매우 자상히 노하우를 전수한다. 어느 부대이건 헬스장은 구비되어 있다. 또한 부대마다 활동체계가 잘 갖춰진 동아리가 있다. 이들은 대회를 목표로 하거나 전역 후 자신이 변한 모습을 과시하기 위해 남은 시간을 최대한 투자하여 몸을 만드는 것에 공을 들인다.

(최근에는 요가 동아리, 줄넘기 동아리 등 다양하게 활동하는 모습을 보았다.)

헬스장에서 들리는 빵빵한 스피커 음악소리에 맞춰 근육질의 청년들이 아령을 들었다 났다 하는 모습을 보일 때 쯤 반대편 도서관에는 눈을 움직여 글자 근육을 키우는 병사들의 모습 보인다. 이 얼마나 멋지고 매력적인 모습인가.

두뇌 근육과 육체 근육을 키우는 이들이야말로 가장 효과적인 군생활을 영위하는 제대로 영리한 몸짱이 아닐 수 없다.

결국 이들의 노력은 청춘에 대한 과감한 투자이다.

보라. 생활관에서 핸드폰만 바라보며 멍하니 시간을 허비하는 저들을.

내 돈으로 책을 구매한다고?

부대에 보급되는 진중문고는 사람들의 입소문 난 베스트 셀러가 대거 들어온다. 그렇다하더라도 진중문고는 진중문고, 내 것이 아니다. 양질의 우수도서가 매년 60~70권(19년 보급기준) 정도 우리 부대 도서관으로 들어오긴 하나 읽더라도 다시 반납해야 하고 밑줄 긋기도 제한된다.

책은 뭐니뭐니 해도 직접 사 읽고 내 것으로 오래 간직해야 함은 물론 군대 와서 읽었던 한권이 내 인생 비전(vision)을 바꿔 줄 아주 중요한 보물이 될 것이기 때문이다.

하지만 지금 나의 금전적 여유는 그닥 넉넉하지 못하여 책 한 권 사기 벅차다. 대부분 이런 생각을 가진다. 내 돈으로 사는 책이 아깝다고 생각하기 때문이다.

두 가지 방법이 있다.

첫 번째는 군부대 지역에 속한 읍,면, 동사무소를 활용해 도서를 신청해 보는 것이다.

물론 자기 재산으로 소유는 불가하지만 내가 원하는 도서를 인터넷으로 확인 후 면사무소 인터넷 도서관에 도서 구매 신청을 하면 간단히 원하는 도서를 읽을 수 있다.

책을 구매하여 실망한 책들도 더러 있었기에 일단 내 돈으로 구매하기보다 자치단체 활용하여 도서 구입을 하면 내가 먼저 책 수준을 살펴볼 수 있기 때문에 좋다.

그다음 책을 읽은 후 나에게 많은 정보와 지식을 공유한다면 당장 인터넷 서점 구매로 이어질 수 있을 것이다. 나 역시 매년 약 100여

권의 책을 구매하는데 이 중 10%는 실망감을 주는 책이었다. 그래서 가급적 도서관 도서 신청을 통한 도서 검색 후 다시 재구매로 이어지는 순환 과정을 거치고 있다.

두 번째는 국방부에서 시행하는 자기계발 지원비 신청이다.(나라사랑포털 참조)

이 제도는 2018년 후반기부터 시행되었는데 아직 병사들이 잘 몰라 신청률이 낮다.

이 제도는 군 복무 중 매년 1인당 5만원의 자기계발 비용을 지급하는데 지원금액은 본인 부담금 50% + 국가지원 50%이다. 예를 들어 본인이 10만원을 결제하면 국가에서 5만원을 환급 지원하는 것이다. 지원 항목도 어학, 자격 취득 등 능력 검정 응시료와 도서를 구매할 수 있다. 단, 인터넷 구매 시에 적용된다. 거기에 추가하여 온·오프라인 강좌 수강료 지원도 가능하니 이처럼 좋은 찬스가 또 언제 있을까 싶다. 매년 5만원이면 복무 중 두 번 지원금을 받아 사용 가능하다. 군 생활 중 간직하고 싶은 애장용 도서 5~6권 정도를 구입해 그 책 속에 나의 의미를 담아보자.

훗날 다시 펼쳐질 당신이 직접 고른 책은 젊은 시절 책을 사랑한 나의 청춘의 모습을 살포시 간직한 채 나를 바라보며 흐뭇한 미소를 짓고 있을 것이다.

국방부 자기계발 비용 지원 홍보 포스터

지나간 모든 순간은 한편의 소설이다

내가 말하는 글쓰기는 책을 쓰라는 말이 아니다. 입대 후 자신에 대한 이야기를 매일 써 보면서 자신을 수양하라는 말을 전하고 싶다. 수첩에 매일 자신이 겪었던 이야기를 한두 줄 메모하듯 써보는 방법도 좋은 방법 중 하나이다. 가랑비에 옷이 젖는 줄 모르듯 우리는 일상 속에서 별 대수롭지 않은 것들이 자꾸 쌓여 무시하지 못할 큰 성과 또는 이야기로 바뀌게 되는 상황을 직·간접적으로 많이 경험한다.

2008년 미국 44대 대통령으로 당선된 버락 오바마(Barack Obama)의 영부인 미셸 오바마(Michelle Obama)는 그의 저서『비커밍 becoming /웅진지식하우스, 2018』에서 이렇게 말한다.

"우리 자신의 이야기는 우리가 각자 갖고 있는 자산, 언제까지나 갖고 있을 자산이다. 우리는 저마다의 이야기를 소유한다."

미셸 오바마 말처럼 지금 이 순간마저 이야기를 만드는 중요한 과정의 연속이다.

나의 모든 것들은 언젠가 멋진 스토리 텔링 될 수 있다는 것이다.

저자 역시 1부의 글 모두 내가 겪었던 병영생활의 한 부분을 당시 썼던 일기장을 통해 기억해 냈고 그것이 하나의 콘텐츠로 연계되었다. 마음이 너무 힘들고 괴롭던 그 시절 저녁점호 시작 전 반강제적으로 쓰게 했던 '수양록'이란 일기는 내게 글쓰기를 가르쳐 준 스승이었고 글쓰기에 작은 용기를 주었다.

오바마 부부 역시 일기를 통해 글쓰기에 대한 영향을 받았음을 알 수 있다.

"생각을 글로 기록한다는 것 자체가 내게는 새로운 경험이었다. 이 시도는 버락에게 영향을 받은 바 있었을 것이다. 버락은 글쓰기가 마음을 치유하고 생각을 명료하게 만든다고 여겼고, 썼다 안 썼다 했지만 오래전부터 일기장을 갖고 있었다."

군대에서 글을 쓰고 작가가 되는 길은 얼마든지 기회가 있지만 내 글쓰기 실력을 늘리고 품격있는 문장을 만들 뇌 구조를 향상시키는 가장 좋은 방법은 바로 매일 기록하는 일기가 도움을 준다는 것을 말해주고 싶다. 반드시 일기가 아니어도 일상에서 메모와 그림, 내 말과 생각을 기억해 내어 기록하는 행위 모든 것이 가장 효과적으로 실력을 높이는 방법이다.

이오덕 선생님은 글쓰기에 대해 이렇게 말한다.

「글쓰기란 쉬운 것, 재미있는 것, 다른 공부를 못하는 어린이라도 솔직한 마음만 가지고 있으면 누구든지 좋은 글을 쓸 수 있다는 생각을 가지도록 해야겠다.

사람들이 글쓰기를 어려워하는 것은 글이 말과 다르다고 알고 있기 때문이다.

말을 글자로 적어놓은 것이 글일 터인데, 글이 말에서 멀어져 말과는 아주 다른 질서를 가진다는 것은 매우 좋지 못한 현상이다.(이오덕 말꽃 모음 중 p.90~91 / 단비,2014)」

절대 늦지 않았다 왜냐하면, 지나간 모든 것은 한편의 소설이 될 가치가 있기 때문이다.

저녁점호 전 30분을 어떻게 활용할 것인가? TV를 보며 시간을 보낼 것인가 당신의 손으로 새로운 역사를 기록할 것인가?

남보다 뛰어나다고 해서 고귀한 자가 되는 것은 아니다.
과거의 자신보다 우수한 자가 결국에는 고귀한 사람이 되는 것이다.

– 헤밍웨이 (Hemingway Ernest Miller) –

위대한 리더는 항상 가까이 있다

미 육군 사관학교 심리학과 교수 '데이브 그로스만(Dave Grossman)'은 "전투에서 적을 향해 총을 쏠 수 있는 자는 10명 중 살인 본능을 가진 단 1명이다."라고 말한다.

실제 1,2차 세계대전을 통해 방어진지에 앉아 있던 병사들 중 500미터 전방에서 적의 모습이 드러날 때 심각한 전장 공포증을 일으켜 자신의 총으로 방아쇠를 당기지 못하는 상황이 상당수 일어났다. 전투가 끝난 후 회수한 소총을 분석한 결과 10명 중 단 1명이 다수의 적을 사살하고 9명은 방아쇠를 당기지 못했다.

(나머지 9명은 머리를 땅에 박은 채 공포에 떨었고 이들 중 절반 이상이 바지에 대·소변을 보았다.) * 살인의 심리학 참조(데이브 그로스먼 / 플레닛, 2011)

하지만 적을 죽여야 하는 상황에서 살인의 본능을 먼저 느낀 자, 즉 방아쇠를 최초에 당긴 한명이 함께 적을 사살하자는 동조 압력을 가했다면 9명의 병사들 행동은 100% 달라질 수 있었다.

1964년 3월 13일, 뉴욕주 퀸스지역에서 키티 제노비스(Catherine Susan "Kitty" Genovese)라는 28세 여성이 새벽 3시경 자기 집 근처에서 강도에게 강간 당한 뒤 살해를 당하는 끔찍한 사건이 발생한다. 피해자의 격렬한 저항으로 인해 35분간 강도와 사투를 벌이고 세 차례 공격받는 동안 주위 38가구가 그 소리를 듣고 보았지만 아무도 나오지 않아 결국 그녀는 처참히 살해 당한다.

이 사건을 계기로 '방관자 효과(Bystander Effect)'에 대한 연구가 활발해졌으며 방관자 효과를 '제노비스 신드롬 '이라고도 부른다.

제노비스 신드롬은 주위에 사람들이 많을수록 어려움에 처한 사람을 돕지 않게 되는 현상을 뜻하는 심리학 용어이다. 주위에서 어떤 일이 일어났을 경우 곁에서 지켜보기만 할 뿐 아무런 도움도 주지 못하며 구경꾼 효과를 일으킨다.

그러나 이 상황을 반전 시키는 방법은 너무 단순하다. "거기 지나가시는 빨간색 티셔츠 남성 분 저를 도와 주세요"라며 지나가는 사람의 인상착의를 분명히 지목하면 지목 받은 대상은 자신이 방관자가 아님을 인식하고 구호를 요청한 대상을 돕는다는 것이다. 다시 전투심리학으로 돌아와 살펴보면 이런 범죄 심리학과 매우 유사한 상황하에 단 한 명의 병사가 "3, 5번 소총수 너희는 소나무 숲 앞에 나타난 적은 반드시 사살해"라고 분명히 명령하면 병사는 적을 반드시 죽인다. 전투 종료 후 나에게 일어날 명령 불복종 대가를 고려하게 되며 상관이라는 권위자 또는 집단 권위자에 의한 살해 책임이 희석되기 때문에 사람을 죽이는 죄책감이 사라진다는 것이다.

위 사례들처럼 주위 사람들의 행동에 영향을 미치는 힘을 '소셜 파워'라 부른다.

심리학 용어로 특정 인물 또는 집단의 영향력을 발휘하여 나의 의견에 동조하고 따르도록 하는 힘이다.

우리 주변을 보면 10명 중 한두 명 정도는 이러한 소셜파워를 가진 사람이 있다. 리더일 수 있으며 때로는 나와 가장 가까이 있는 친구이자 동기생일 수 있다. 이들과 가까이 해야 더 많은 정보와 영향력을 가질 수 있다. 나의 글쓰기, 독서력이 매우 낮다면 도서관을 살펴보자.

평소 내가 생각하지 못한 어느 누구는 매일 도서관에서 책과 피나는 사투를 펼치고 있을지 모른다. 바로 당신이 본 그가 소셜파워를 가진 사람일 가능성이 농후하다. 지금은 단순하게 책에 몰입한 찌질한 책 벌레처럼 보일지 모르나 어떠한 상황을 눈앞에 두고 결정할 시기가 온다면 그는 최고의 전문 학식을 가진 지식의 파워를 유감없이 발휘할 것이다.

어느 TV 프로에서 재미난 뉴스를 보았다. 자동차 판매 대리점에 등산복처럼 허름한 차림으로 들어가니 직원들이 본척만척 고객에 대한 응대가 소홀하였다.

그러나 다시 말끔한 정장 차림으로 환복 후 동일 매장을 들어가자 직원들이 응대하기 위해 걸음을 재촉하였다. 이런 뉴스를 보며 '평소 자기관리가 매우 중요하구나' 란 생각이 문득 들었다. 항상 내 주변에 독서하는 모습을 비춰보인 당신은 어떤 위기에서 놀라운 기대를 주목받는 리더가 될 가능성이 충분하다.

지금 그것이 아니었다면 그동안 당신에게 긍정적으로 보여주었던 그 사람에게 접근하여 그가 가진 힘을 배우고 따라하면 된다.

'사자 한 마리가 이끄는 양 100마리와 양 한 마리가 이끄는 사자

100마리가 싸우면 사자 한 마리가 이끄는 양 100마리가 이긴다.' 는 아랍의 속담이 있다.

위대한 리더는 항상 나와 근접해 있다.

하물며 내 옆에 있어 준 후임병이 이 나라를 책임질 대통령이 되고 내가 장관이 될지 그 운명을 어찌 알겠는가.

우리는 언제나 듣고 싶은 것만 듣고, 보고 싶은 것만 본다.

보고 싶지 않은 것과 듣고 싶지 않은 것들 사이에서 숨겨진 위대한 암호를 해독하기 바란다.

주특기는 훗날 직업을 말해준다

군대에는 병과(兵科)와 주특기(主特技)란 용어가 자주 사용된다.

병과는 군인 또는 병과를 임무에 따라 나누는 것이며 군대에서 배정받는 전공분야와 같은 것이다. 대학교의 학과와 같다.

주특기는 '가지고 있는 기술 가운데 아주 특별한 기술'을 말하고 군인이 기본 교육과정을 끝내고 전문적인 교육을 받음으로써 얻는 군사상의 특기이다.

육군을 기준으로 병과 구분은 기본병과, 특수병과로 나뉜다. 그러나 해군은 육군처럼 세분화된 주특기가 없고 계급과 신분에 따라 부사관의 특기를 직별, 수병의 특기를 병종이라 말한다. 해병대의 경우도 특수병과인 법무, 군종, 의무 병과가 없이 해군 소속 인원과 통합

되어 배치된다.

기본병과는 보병, 포병, 기갑, 방공, 정보, 공병, 정보통신, 항공, 화학, 군수, 병기, 병참, 수송, 인사행정, 헌병, 재정, 정훈, 군악 등 18개가 있다. 이 중 병기, 수송, 화학, 병참은 기술병과로 헌병, 정훈, 재정, 인사행정은 행정병과로 별도 구분하되 나머지는 모두 전투병과로 구분한다. 특수병과는 의무, 법무, 군종 등 3개가 있다.

군대의 모든 신분과 계급은 1인 1계열 또는 한 가지 주특기를 가지고 있다.

육군의 주특기 번호는 기본병과, 특수병과, 기술행정 3계열 병과로 나눠지며, 약 420가지 부속병과를 운영한다.

최근 군 입대 장병들은 자신이 사회에서 해왔던 직업군과 연계하여 입대 후 주특기를 배정 받거나 대학전공을 살린 유사한 직종의 주특기를 선택하여 복무가 가능해졌다. 이처럼 주특기는 미래의 직업을 보장하고 개선하는 기본병역수단으로 가능해졌다.

2002년부터 2016년, 만기 전역한 장병을 대상으로 직업군을 조사한 후 놀라운 결과가 확인되었다.

군대에서 운전병으로 복무한 병사의 64.5%가 전역 후 운송/수송업에 취업하였고, 취사병으로 전역한 장병이 요식업과 셰프가 될 확률이 30%였다. 특히 가장 많은 비중을 차지한 공병은 약 80%이상이 건설업계에서 다양한 활동을 하였다. 간부들의 업무를 보조하며 행정·사무병으로 복무하며 컴퓨터 사무를 보았던 병사의 55.5%가 일반회사 행정직 또는 공직자가 되었다. 그렇다면 병과에서 가장 많은 비중을 차지하는 전투병과 보병 '소총수' 들은 어느 직업군에 많이 속해있는가?

일반 전투병(소총수)으로 통상 보병중대(소대)에 속한 장병들은 체계적으로 상명하복 체계와 공동체 의식 함양이 잘 갖춰진 회사원, 기업 등에 다수 직업군이 형성되어있었다. 그만큼 일찍이 계급사회 경험 때문에 조직 적응력이 미필자 보다 앞선다.

위와 같이 군 생활 중 경험한 주특기가 미래 직업군에 영향을 준다면 이미 일부 예견된 미래를 보다 혁신적으로 계승하고 발전시킬 수 있다.

취사병으로 복무 기간 내내 조리만 하던 병사가 훗날 행정과 사무 업무를 담당하는 공직자가 될 가능성도 충분히 있다. 반드시 취사병이라해서 셰프만 되란 법은 없으니까.

하지만 취사병 복무를 통해 내 삶에 또 다른 무언가를 배웠다면 인생의 가장 가치있고 진중한 경험을 쌓은 셈이다.

어느 취사병은 내일의 셰프를 꿈꾸고 오직 조리에 전념을 다했지만 어느 취사병은 하루 일과를 끝낸 순간 열심히 학업에 열중하여 미래를 준비했으니 결국 이들이 원하는 결과는 자신이 배정받은 주특기에서 얼마만큼 열정을 다하였는가에 대한 보상이 아닐까한다.

군사 선진국 이스라엘의 참모총장이 수많은 장병들 앞에 연설을 하기위해 사열대로 올랐다. 그런데 이스라엘 참모총장의 어깨에는 M60중(重)기관총을 비껴걸어 한 채 단상위로 올라왔다. 그의 허리 탄입대에는 커다란 부수기재 주머니도 달려 있었다. 이스라엘은 이등병에서 참모총장이 되었더라도 최초 부여 받은 주특기는 절대 변함이 없다. 무거운 기관총을 짊어 맨 이스라엘 참모총장은 수 천명 장병들 앞에서 이렇게 말했다.

"우리가 각자의 위치에서 최선을 다할 때 이스라엘이 세계에서 가장 강한 군대가 될 것입니다. 우리는 태어나는 순간부터 유대인이며 우리가 곧 이스라엘 입니다.", "자신이 부여받은 임무에 충실합시다."

이스라엘이 강군이 될 수밖에 없는 이유가 바로 여기에 있는 것이다.

자신이 부여 받은 주특기에 최선을 다하면 그것이 강한 군대가 된다는 것을 말해주고 있는 것이다.

이 나라는 개인의 단점마저 장점으로 만들어 주특기를 부여하므로 전투원으로 가치를 높인다. 천재 자폐증 병사들이 활약하는 9900부대는 주요 정보 분석과 위성사진 판독 등 일반인이 할 수 없는 주특기를 부여한다. 사막 한가운데 도저히 살 수 없는 환경에는 사막기후에 적응된 체질을 가진 '베두인'으로 구성된 특수정찰부대를 활용한다. 이처럼 개인이 가장 잘 적응하고 잘 할 수 있게 주특기를 부여하여 전역 후 자신이 가진 장점을 활용한 직업으로 전환하기 용이하다.

이와 같이 주특기는 미래에 내가 선택하게 될 직업의 보조수단이 되어 줄 수 있다. 관상이란 사람의 생김새를 보고 그 사람에 운명과 재수 따위를 판단하는 것인데

주특기도 사람 관상과 같아서 주특기를 보면 그 사람 미래의 직업을 짐작하는 것이다. 하지만 무엇이 되고 안되고는 결국 내가 주어진 환경 속에서 어떻게 노력하고 활용하였는가의 운명에 의해 결정되는 것이다.

한 권의 고전, 제대로 읽어 볼 절호의 기회

세계적인 사상가나 발명가 모두 책더미로 들어 갔고, 다시 책더미에서 나왔다.

– 위다푸 –

우리가 서점가에 진열된 책을 고를 때 가장 먼저 눈길이 가는 것이 있다면 베스트셀러이다. 잘 정돈되고 진열된 책을 볼 때면 저절로 손이 가기 마련이다.

'남들이 한 권 정도 읽었으니 나도 읽어야지' 하는 심리욕구가 생기기 마련이다.

물론 베스트셀러가 다 좋은 책은 아니다. 마케팅과 저자 인지도 등이 책을 베스트셀러로 만드는 경우가 많기 때문이다.

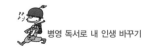

좋아하는 영화도 반복적으로 볼 때 새로운 장면이 보이고 깊이 새기지 못한 새로운 대사도 찾게된다. 이처럼 책도 오랜 시간 실제 가치가 검증되어야 실제 베스트셀러가 된다.

독보적인 베스트셀러 '성경'을 읽어라

시대를 거슬러 올라가면 유대교, 기독교, 이슬람 교는 책의 종교라 부른다.

이들에게 책은 곧 역사이자 종교의 근원이 되는 중심이었다.

이를 뒤 받침하듯 前)서울대 종교학과 교수 배철현은 이렇게 말한다.

"1000년간 베스트셀러를 고전이라 부른다. 고전 1만 권 중에서 10권 정도가 경전이다. 그걸 갖고 종교를 만들었다. 그럼 경전이 왜 위대한가. 문자 사이의 행간이 끊임없이 우리에게 말을 걸기 때문이다."

나 역시 수년간 반복해서 읽고 있는 책이 있다면 바로 책 중의 책 '성경'이다. 기원전 3/2세기에 쓰여진 이 책은 기독교의 경전이며 세상에서 가장 많이 읽히고 팔려나간 책이다. 성경은 구약성서와 신약성서로 구분된다.

구약성서는 유대교와 기독교의 경전이며 신약성서는 구약을 근간으로 만들어졌다. 또한 구약성서는 이슬람 민족의 코란의 핵심 언약이기도 하다.

유대인의 유일신 사상을 통해 만들어진 구약성서는 마치 영화를 보는 듯한 완벽한 스토리텔링을 가지고 있다. 그래서 읽을 때마다 의미가 더 커지는 책이다. 구약의 세계관을 찾아 떠나는 여행은 마치 갖가지 모험으로 가득한 신비의 세계로 떠나는 것과 같다. 수많은 신화가 나라별 존재하지만 우리 인간에 대한 창조의 신비를 꺼내든 이야기는 오직 구약성서이다.

구약성서는 2천년 세월 유대민족의 고난을 통해 이들이 좌절과 고통 속에서 어떻게 헤쳐나가는지 유대 민족만의 지혜와 정신적 결속으로 보여준다.

성서의 제 2탄으로 불리는 신약성서는 약 2세기경 작성되었으며 책 속에 등장하는 하나님의 독신자 예수 그리스도가(그리스도는 성유로 축복받은 자 또는 선택된 자라는 뜻을 가지며 히브리어로 메시아라고 한다)등장하므로 그의 삶과 가르침을 인간세계에 선포하며 예수는 다시 성서 속으로 사라진다.

신약성서는 유럽 세계관과 역사의 토대가 되었으며 기독교와 교회 탄생 역사에 거대한 획을 그었다. 신약성서야말로 인류 역사상 가장 큰 파급 효과를 불러 일으켰다.

당시 구약율법에 얽매어 매너리즘에 빠져있는 유대인들에게 예수는 말했다.

"인간을 위해 율법이 존재하는 것이지, 율법을 위해 인간이 존재하는 것이 아니다."

이를 깨닫고 적극 사역에 나선 자가 뒤이어 있었으니 바로 '사도바울'이다.

바울은 서기 1년에서 15년경에 소아시아 남동부 타르소스에서 태어났다.

초기 바울은 예수를 핍박하던 자였다가 다마스쿠스로 가는 길에 그의 이름을 부르는 신의 음성을 듣고 놀라 타고 가던 말에서 떨어져 장님이 되었다.

바울은 유대문헌과 율법, 그리스와 로마사상에 정통한 학자였다. 바울은 긴 세월 경전과 고전을 연구해 왔기 때문에, 신의 목소리를 극적인 상황에서 듣게 되고 장님이 된 그는 자신의 내면에 들리는 신의 목소리를 듣는 자가 되었다. 그는 예수를 만나 회심하고 철저히 예수를 증거하는 전도여행을 통해 이방인에게 복음을 전파하였다. 그는 본격적으로 복음을 체계적으로 정비하고 훗날 '데살로니가'와 '로마서' 등 다수의 서신을 썼다.

이 중 로마서는 바울이 집필하는데 약 100시간 정도의 시간이 소요되었다는 연구 결과가 있다.

종교개혁을 일으킨 독일의 '마르틴 루터(Martin Lutler)'는 '로마서'가 신약 중 가장 중요하며 가장 순수한 복음서이기에 '로마서'를 외울 것을 권장하기도 하였다.

이로써 바울은 단절된 유대교에서 벗어나 만민이 함께 공유할 수 있는 독자적인 종교로 재탄생 시킨다. 엄청난 박해와 희생으로 만들어진 기독교는 결국 승리하여 전 세계인이 믿고 섬기는 종교가 되었다. 아무나 읽지 못했던 경전마저 수많은 역사적 사건과 모든 사람이 함께 읽고 체험할 수 있는 지금의 성경으로 우리들 앞에 나타난 것이다.

독일의 역사학자이자 신학자인 볼프강 헤를레스(Wolfgang Herles)는 그의 저서 「책과 역사 / 추수밭 출판사, 2010」에서 아래와 같이 말한다.

『성경은 예나 지금이나 세계에서 가장 영향력이 풍부한 책일 것이다. 가톨릭 교회는 6세기까지 교황 제도를 비롯한 가장 핵심적인 제도들을 모두 완비하고 구약과 신약성서로 이루어진 책 중의 책 '성경'을 완성했다. 현재 지상의 모든 대륙과 나라에는 기독교도가 살고 있다. 로마 가톨릭교회만 하더라도 10억 명이 넘는 신자들을 거느리고 있다. 여기에 동방정교와 신교, 영국 국교회까지 있다. 이 모든 종파를 아우르는 한 가지 공통점은 성경이 신앙의 토대를 형성하고 있다는 사실이다.(P-56)』

진정 검증된 베스트셀러란 바로 이런 것이다.

수많은 세월과 함께 수많은 지식인 사이에서 연구와 검증을 통해

수천만 번 연단된 책이 바로 성경이며 종교를 떠나 우리가 가장 먼저 읽어 보아야 할 도서 중 하나이다.

유대교 율법의 근간인 구약과 바울이 개척해 낸 신약의 정수는 결국 책을 읽고 생각하는 민족 '유대인'의 힘에 의해 만들어졌다.

성경은 독보적인 베스트셀러로써 인류 역사상 어떤 책 보다 많이 발행되었고, 독자층도 가장 많고 광범위하다.

성경책

성경은 전 세계 6,500개 언어 중 이미 2,300개의 언어로 번역되었고, 현재 번역이 진행 중인 언어만 700여 개라고 한다.

매년 전 세계에서 6천만 권이 발행된다.(참조자료 : 독서의 힘(p.166)/ 더블북)

성경은 지식의 바다이며 성경 속 모든 비유와 스토리텔링은 오늘날의 영화, 문학, 교육, 문화 등 전분야에 걸쳐 활용되고 있다.

지금도 이스라엘 유대민족을 보면 책으로 만들어진 민족답게 그들은 지금 이 순간에도 책을 읽고 끊임 없이 토의하며 자신들이 가진 생각을 공유한다.

유대인들의 탈무드 학원이자 도서관인 '예시바 yeshiva'는 우리들이 흔히 알고 있는 조용한 도서관 분위기가 아닌 시끌벅적한 토의와 토론의 장이다.

짝을 지어 질문하고, 대화하고, 토론하고 논쟁하는 것은 유대인의 공부법 중 하나인 '하브루타'라 부른다. 원래 토론을 함께하는 짝이나 친구, 즉 파트너를 일컫는 말이었으나 짝을 지어 질문하고 토론하는 교육 방법을 일컫는 말로 확대된 것이다. 책을 읽고 토의하며 끊임없이 "왜?"라고 묻고 생각하게 하는 교육인 하브루타는 창의성과 유연성, 논리성을 키워주어 유대인을 가장 뛰어난 지능으로 진화시켰다.

하브루타는 유대인들의 3천500년 된 전통이자 문화코드이다.

세계 0.2%의 인구비율을 가진 이스라엘은 노벨상 수상 30%, 아이비리그 석권, 세계의 경제 부호 40% 차지, 군사 강대국 등 작지만 강한 나라를 만들어 지금도 연구 대상 민족 중 하나이다. 그렇다면 그들이 밝혀 낸 위대한 비밀, 성경을 읽어야 하지 않을까? 거기다 유대인은 우리에게 모든 지혜(탈무드 등)를 다 제공했다. 한국인은 동양의 유대인이라고도 부른다. 과거 중화사상의 중심 학문인 공자사상마저 다 깨우친 한민족 후예다. 이렇게 역사적 자존심이 있는 선비정신을 가진 민족이라 유대인에게 결코 뒤지지 않는다.

우리 앞에 성경책을 선사해 준 유대민족에게 다시 한번 감사하며 당신의 변화무쌍한 모습에 미리 박수를 보낸다.

책 읽는 유대인

동양고전은 정신세계의 바탕이다

사람들은 세계 4대 성인 중 한 명인 공자에 대해 잘 모르는 것 같다. 중국에서 탄생한 위대한 성인이지만 우리 역사, 특히 조선왕조의

기원전 6/5세기, 공자

근간이 된 사상인 유교의 창시자가 공자이다.

그는 기원전 551년에 태어나 기원전 479년에 사망하였다.

그는 춘추시대(기원전 770부터 기원전 403년) 노나라 추읍 출신으로 노나라 정공(定公)의 신임을 얻어 노나라의 세 권세가인 삼환(三桓)의 세력을 약화시키는 과업을 맡았으나 끝내 좌절되었다. 노나라에서 자신의 이상이 실현될 수 없음을 안 공자는 여러 제자를 이끌고 13년 동안 천하를 방랑하며 자신이 생각하는 이상형의 군주를 찾지만 좌절되었다. 그의 말년에 다시 노나라로 귀국하여 국로(國老)의 대접을 받았으나 역시 등용되지는 못하였다. 이후 제자 양성과 고문헌 정리에 진력하다 세상을 떠났다.

현재까지 논어와 관련된 책만 해도 4천여 권이 발간되었다고 한다. 그만큼 논어는 아직까지 사람들의 시선과 관심을 받고 있다.

논어는 공자와 그의 제자들이 교육, 문화, 정치, 삶의 이치에 대한 진리 탐구를 위한 이야기 모음 책이다. 누구나 한번 쯤 논어를 보았겠지만 공자가 혼잣말로 말하는 것과 제자들과 문답을 나누며 이야기하는 모습, 마을 사람들과 대화하고 당대 정치인과 주고받는 말속에 제자들이 논의하여 기록을 정리한 이야기란 뜻으로 '논어' 란 책 제목이 만들어졌다.

중국은 당시 예로부터 자신들이 세계의 중심이자 문화와 사상적으로 가장 발전된 민족이란 뜻으로 '중화' 라 부르며 자기 민족의 우월성을 자랑스럽게 생각해 온 사상을 일컬어 중화사상이라 한다.

이런 중화사상에 가장 근본이되고 중심이 되는 학문과 사상가는 공자와 맹자이다. 14억 중국인구를 이끌어 가는 고대 성현들의 지성과 사상을 이루는 중요한 뼈대이다.

논어는 인간이 살아가며 겪을 수 있는 다양한 상황에 대한 신랄한 비판과 진실한 삶을 위한 공자의 통찰력이다. 또한 인간의 삶에 대한 철학과 삶에 대한 대처법으로 인간이 인간과 세상에 대한 최선과 최후의 진정한 승리를 향한 방법이 제시되어 있다.

논어는 앞서 설명한대로 수많은 번역본으로 많은 책들이 시중에 존재한다.

저자가 개인적으로 추천하고자 한다면 홍익출판사와 김형찬 선생님이 세상에 내놓으신 『논어』를 적극 추천한다. 해석에 대한 설명과 이해가 아주 쉽게 되어있다.

공자는 신이 아니었기에 공자가 세상을 떠난 백여 년 후 공자의 사상을 이어받은 제자가 세상에 나타나니 그는 맹자이다.

맹자는 중국 전국시대 사람으로 그의 어머니는 맹자 교육을 위해 세 번 이사를 했다는 맹모삼천지교(孟母三遷之敎)로 유명하다.

맹자는 묵적과 양주의 사상과 경쟁하며 유가사상을 확립했으며 마흔 이후 인정(仁政)과 왕도 정치를 주창했다.

맹자는 자신의 성선설(性善說)을 증명하기 위해 공자가 말하는 인을 더욱 세부적으로 연구 발전시켰다. 그의 사상을 담은 책 맹자는 공자사상을 옹호하는 가운데 공자사상을 가장 진전시킨 대표적 유교경전으로 손꼽힌다. 이후 맹자는 논어, 대학, 중용과 함께 유교의 고전인 '사서(四書)'가 되었다.

공자가 가르치고 이를 따른 사상적 공통점은 인(仁)이다. 인간에 대한 사랑이다.

그들의 사상적 중심에는 언제나 인간이 있었으며 인간은 '도', 즉 인생에서 바른 길을 찾아야 한다고 끊임없이 강조한다.

하지만 우리들은 동양의 이처럼 위대한 사상가들의 글을 두고도 읽지 못하는 아니 읽으려 하지 않는 아둔패기가 되어가고 있는 것은 아닐까.

chapter 04

운명이 바뀌는
독서의 힘

뜨거운 여름 , 추운 겨울 매일 뛰면서
강철 같은 심장을 만들었고

세상을 지배한 위대한 깨달음

책은 우리를 우주의 주인으로 만들어 준다.

– 러시아 / 파블렌코(Pyotr Andreevich Pavlenko) –

역사는 수많은 정복과 지배로 뒤바뀐 채 반복되어 왔다.

한때 세계를 호령한 로마, 유럽, 중국의 문화를 가만 들여다 보면 그들의 단순하고 공통적인 비밀이 숨겨져 있다.

바로 '시스템(System)'이다.

로마인들은 전술과 무기, 의료 등 인프라가 잘 발달되어 있었으며 과거 그리스사상을 흡수한 지식을 기반으로 야만 세계를 지배했다.

로마인은 게르만 족이나 켈트족처럼 체구가 크지 않다. 당연히 1:1 로 붙었다가는 무조건 패하기 일쑤였다. 그러나 로마인은 이런 신체적 단점을 극복하기 위한 시스템으로 군사 전술 시스템을 개발하여 더 큰 세계무대로 향한다.

오랜 그리스 전통과 지식 경험을 기반으로 로마는 군사전술에 쉽게 적응하고 상대편에게 쉽게 이길 수 있었다. 로마는 단 한 번의 패배 없이 로마제국을 건설하였다.

중국 마지막 왕조인 청제국 지배자 만주족은 한낱 변방의 오랑캐이자 오랑캐 중 가장 천대 받던 민족이다. 특히 백두산 인근 이름도 알 수 없는 작은 건주여진 부족(여진족은 건주, 해주, 야인 여진족으로 구별된다)을 중심으로 중원을 장악한다. 여진족은 자신들 민족 이름을 여진에서 만주족으로 바꾼 뒤 거대한 명제국을 무너뜨린다. 만주족은 그들이 가진 야전적 기질과 명제국이 가진 지식을 바탕으로 자신들 시스템에 맞게 재설계하여 동북아시아 변경의 맹주가 되었다. 한편 우리는 청제국을 바라볼 때 문화적으로 매우 미성숙된 야만족으로 보는 경우가 많다.(정묘, 병자호란의 치욕적인 역사 때문이다.)

우리 유교문화는 청제국이 가진 엄청한 국력에 열등감을 느꼈다. 만주족이 엄청난 독서를 통해 이미 수백년 앞선 조선의 정신문화를 앞서 갔기 때문이다. 청제국의 황제들도 정신을 빼앗기면 모든 것을 잃어버린다는 역사적 경험을 한터이라 중원문화에 학문, 문화, 예술의 르네상스 시대를 만들었다.

스스로 중원의 정신적 지배자가 된 것이다. 특히 청제국은 200여

년의 최전성기 '강옹건성세(康雍乾盛世) 시대'를 맞이한다. 제후국이었던 조선 역시 숙종 이후 영, 정조까지 나라 안팎으로 평안하였고 이러한 만주족의 새로운 중화사상은 민족을 차별하지 않고 모두를 공정하게 다스린 아시아 대국이 되었다. 이렇게 최전성기의 중국에 이미 독서 대유행이 시작되었다.

조선왕조 500년사 가장 역사적, 문화적 부흥 시기는 누가 뭐라해도 세종대왕과 영조, 정조시대이다. 이 시기 공통점은 다른 왕처럼 책만 읽지 않고 책을 읽어 현실에 대입하고 위민정치를 구현했다는 점이다.

유럽은 암흑의 중세를 거쳐 오랜 기독교 문화를 수용, 발전시키므로 찬란한 유럽 부흥의 시대를 앞당겼다. 우리에게 잘 알려진 나폴레옹은 코르시카 식민지 출신으로 프랑스어를 하지 못해 늘 놀림과 왕따에 시달렸다. 그러나 그가 언제나 책과 함께한 독서중독자 성향은 훗날 유럽 대륙을 뒤흔든다.

늘 혼자 독서하며 자신을 향한 고독을 이겨내고 자신을 지탱할 힘을 키웠다.

특히 나폴레옹에게 영향을 준 '플루타르크 영웅전'은 유럽 정복에 많은 영향을 주었다. 정신적 지지기반을 만들어 준 이 책은 나폴레옹을 영웅으로 탈바꿈시켰다. 전장에서 나선 나폴레옹은 더 이상 코르시카 촌뜨기가 아닌 용맹한 야전군 사령관으로 진두지휘에 나선다.

언제나 책을 읽고 상상한 그대로를 실제 현실에 적용하므로 흔들리지 않는 마음근육을 단련시킨 것이다.

나폴레옹을 포함한 위대한 지도자들은 자신들이 읽은 책이 가진 힘을 기반으로 민족과 국가에 유리한 뉴 프론티어(New Frontier) 시스템을 체계화시킨 셈이다.

책을 읽고 현실에 적용한 자들만이 극적인 상황에 놓인 위기 속 세상을 품을 수 있게 된다는 절대적 비밀을 가르쳐 준 셈이다.

대륙의 지배자 오랑캐 만주족의 꿈

우리는 청제국을 잘 모른다.

병자호란 침략자 정도가 알고 있는 전부일 것이다.

90년대 홍콩영화가 유행할 무렵 한국은 변발 머리를 한 황비홍(이연걸 주연)에게 열광했다. 그때서야 변발풍습을 가진 중국을 관심있게 들여다 보았지만 대부분 중국영화는 한족 위주의 삼국지, 수호지 정도가 더 많이 익숙했던 게 사실이었다.

17세기였던 1644년 대륙의 주인 자리를 거머쥔 만주족은 1912년까지 대청(大淸)이란 국호 아래 268년간 대륙을 호령한 중국의 마지막 봉건왕조이자 소수 이민족이 세운 국가이다. 청제국은 296년 기간 중 12대 황제를 배출하며 중원을 지배했다.

청황제들은 명황제들에 비해 절대 무능하거나 큰 잘못을 저지르지

않았다.

소수민족 '만주족'은 자신들이 중국을 지배한 이후 어떤 허례허식도 배격하고 실무를 중시하는 사회 분위기를 만들었다.

동북아시아 변경의 맹주 만주족은 어떻게 중원의 지배자가 되었고 그들이 지향했던 문화이념은 무엇인가를 돌이켜 살펴보면 이들에게 새로운 시도가 보인다는 것을 알 수 있다.

바로 독서의 중요성을 깨닫게 된 것이다.

당시 여진족은 해주, 건주, 야인 이렇게 세 개의 여진족으로 구별되어 있었다.

우리나라 최북단 백두산을 중심으로 국경을 마주한 오랑캐 족인 건주여진은 오랜 고려시대부터 약탈을 일삼는 왜구 다음 골칫거리였다.

그런 떠돌이 기마부족에 불과했던 여진족에게 새로운 다크호스가 등장하는데 그가 바로 우리가 너무 잘 아는 '누르하치(Nurhaci, 天命帝)'이다. 누르하치는 원나라를 건국한 칭키즈 칸(Genghis Khan)과 비견될 만큼 뛰어난 정복자이자 군주이다. 누르하치는 시대를 타고남과 동시에 이미 조선과 명은 왜구와 한판 전쟁을 벌이고 있었다. 누르하치는 조선과 친해지고 싶었다. 조선의 문화사상을 동경했다. 그리고 여진족이 가진 야전적 기질에 지식까지 혼합된다면 최강의 전사가 될 것으로 믿었다. 누르하치는 아직 명제국에 대항할 힘을 갖추진 못한 공국 수준의 여진족을 통합한 여진족 왕이었다. 그는 명황제에게 여러번 임진왜란 참전을 건의하지만 명황제는 받아들이지 않는다. 누르하치가 원한 것은 가장 근접한 국가이자 문화대국 조선에게 친밀해질 절호의 찬스였다. 틈틈이 기회를 노리며 화친을 맺으려 하지만 조선은 글도 모르는 오랑캐와 상대해 주지 않았다.

누르하치는 이때부터 조선에게 자존심이 많이 상했다. 이를 오랜 시간 지켜본 자가 있었으니 그는 누르하치의 아들 '홍타이지(Hong Taiji, 皇太極)'이었다.

홍타이지는 아버지가 세운 '후금'의 2대 왕이 되었고, 이때부터 태종 홍타이지는 진정한 제국을 탄생시키기 위한 준비에 착수한다.

"칼만 들어 세상을 정복하지 못한다"라는 말을 남긴 그는 세상이 이전 칭기즈 칸 시대와 다른 시스템이 잘 갖춰진 국가가 중원을 다스릴 것이란 생각을 품는다.

그는 누르하치의 아들 중 가장 비상한 두뇌를 가졌으며 삼국지와 손자병법, 중국고전 등을 많이 읽어 지략에 능한 인물이었다. 그리고 학식이 높고 군공(軍功)이 탁월한 데다 도량이 크고 나름의 리더십을 갖춰 중망을 얻고 있었다. (참조 : 오랑캐 홍타이지 천하를 얻다 / 장한식 지음, 산수야 2018) 홍타이지는 1634년 후금국에 단 하나뿐인 군주가 되기 위해 나라의 제도를 직접 정비하기에 이른다. 그리고 이민족을 통합하고 이미 대륙을 차지하고 있던 명제국의 관료제도와 각종 행정

제도를 도입한다. 그리고 여진족이 중심이 된 군사체계인 팔기군을 창설하여 군사시스템을 바꿔놓았다.

그는 학식있는 조선인, 몽골인, 한족 엘리트를 대거 후금의 관료로 만들었다.

홍타이지는 자신의 민족이 가진 단점을 보완하기 위해 부단히 애썼으며 본인 스스로도 문·무를 게을리 하지 않았다. 이는 흥망성쇠의 역사를 홍타이지가 책으로 읽으며 자신들의 정체성을 되돌아 보는 역사적인 계기가 된 것이다.

홍타이지는 본격적 제국의 시스템을 갖추고 1636년 자신을 황제라 칭하며 자신의 제국 이름을 '청'淸이라고 개정한다. *청이란 뜻은 만주 어로 '다이칭'으로 전사란 뜻이다.

그 다음 여진족이란 명칭을 만주족으로 바꾸며 자신들이 만주에 새롭게 태어난 지배자 임을 선포한다. 청을 일으킨 그 해 12월 가장 먼저 12만 8천 대군으로 얼어붙은 압록강을 건넌다. 오랜 시간 자신의 자존심을 건드린 조선 왕에게 항복을 받아낸 후 조선과 명제국 관계를 완전히 단절시키기 위해서다.

결국 조선의 왕을 유일하게 무릎을 꿇게 한 홍타이지는 만주족 자존심을 회복함과 동시 본격적으로 조선이 가진 문화 약탈에도 힘을 쏟는다.

만주족은 태종 홍타이지를 시작으로 본격적인 황실 작업에 착수하는데 앞서 설명한대로 홍타이지는 무엇을 갖춰야 나라다운 나라, 지배자다운 지배자로서 중원을 다스릴 수 있는가를 우선 고민했다. 그것은 그동안 여진족이 갖지 못한 '지식'이었다.

비로소 지식에 대한 중요성을 알게 된 여진족은 새로운 민족 만주족으로 탈바꿈하며 오랜 야만스런 역사를 단절한다.

자신들의 문자를 만들고 만주족이 가진 우수성을 글자로 남겨 후세에 전하고자 한다.

이제 피지배층이 된 한족이 남긴 문서를 통해 그동안 한족이 보아왔던 여진족의 야만스러운 기록을 삭제하며 자신들의 콤플렉스가 무엇인지 재차 확인한다.

홍타이지에 이어 순치제(Shunchih ti, 順治帝) → 강희제(Kangxi Emperor, 康熙帝) → 옹정제(Yongcheng, 雍正帝) → 건륭제(Ch'ienlung, 乾隆帝)에 이르는 5대에 걸친 대제국 황제는 오직 독서만이 황제가 권위를 갖고 중원을 지배할 수 있다는 신념을 가지고 있었다. 유럽은 선교사들을 통해 중국의 문화와 전통이 유럽으로 퍼져 유럽 귀족사회는 청제국을 동경하며 그들의 사상과 철학을 받아들이나 청제국은 유럽 문화를 받아들이지 못한 채 오직 중화사상에 심취되어 매너리즘에 빠진다.

중국의 르네상스는 건륭제때 이르러 절정에 다다른다. 그는 정치적 감각과 군사적 힘을 통해 이전 황제들이 남긴 업적을 뛰어 넘기에 이른다. 그는 1736년부터 1795년까지 60년간 중국을 통치했고 문무를 겸비한 전사이자 학자였다. 건륭제는 학문과 예술, 문화를 발전시켜 위대한 중국을 만들었다.

청제국은 오랜 유교 전통을 가진 선비의 나라 조선의 학문을 뛰어 넘어 당시 정조대왕 시절 많은 학자들이 청제국으로 유학길에 올랐다.

더 이상 우리가 괄시하고 천대했던 그때의 오랑캐가 아니란 것을 조선인들은 눈으로 직접 보게 되었다. 청제국을 여행한 박지원의 열하일기를 보면 청제국 사람들은 조선이 생각한 것 이상으로 많은 독서를 하며 방대한 출판산업이 시장에 널리 퍼져있었다라고 말한다.

하지만 건륭 황제라는 걸출한 인물이 지나가고 청제국 황제들은 스스로 나태해지고 과거 만주족만이 가진 기마민족의 야성을 잃어버린 채 나태한 한족 습성을 받아들인다. 강옹건성세 시절의 화려했던 독서 붐은 사그러든다. 그러면서 청제국은 서서히 그들이 원치않던 야만스런 여진족 문화로 다시 돌아간다.

청제국을 일으킨 홍타이지는 만주족이 가진 정체성 중 가장 잃어버려서 안 되는 것이 언어라 여겼고 그들이 여진시절부터 몸에 밴 말타기와 활쏘기를 가장 중요시했다.

건륭제는 "만주족의 핵심은 언어"라고 강조하며 만주어로 작성한 방대한 도서를 제작하고 도서관에 보관한다. 그러나 건륭제가 죽자

서서히 만주어는 사라져 가고 1920년대 마지막 황제 '푸이'가 자신이 말할 수 있는 유일한 만주어 구절이 '일리(일어나라)'라고 주장했다. 이 구절은 황제 앞에 무릎 꿇고 있는 관료에게 하는 말이었다.

결국 만주족은 정체성을 잃어버린 채 한족에 동화되어 청제국이 멸망하는 결정적 계기가 되었다.

1억 대국을 정복한 100만 오랑캐 만주족의 성공비결을 망각해 버린 황제의 나라는 서서히 사람들 기억 속에서 사라진다.

청제국 황제 강희제는 아들 옹정에게 이렇게 말한다.

"오직 문·무를 함께 겸비해야만 중원의 지배자가 되는 것이다."

그토록 화려했던 청제국은 이 중 무엇을 잃어버린 것일까?

45세 때의 강희제

병영 독서로 내 인생 바꾸기

책 읽는 즐거움에 빠진 조선

우리 역사를 돌이켜 보면 매우 훌륭한 유학자나 왕들이 실존했는데 그 중 우리 기억에 가장 좋아하는 왕을 꼽으라 하면 세종대왕과 영, 정조대왕이다.

이 시기 백성은 태평천국 시기를 보냈고 조선은 가장 건설적이고 패기와 활기가 넘치는 시대였다. 조선의 왕들은 오직 독서가 왕을 왕답게 만들어줄 것이라 믿었다.

'세종처럼(박현모 지음/미다스 북스, 2018)' 이란 책에 기록된 역사적 사건을 잠시 살펴보면 「p-84, 공부를 잘 하는 것은 이씨 가문에서는 아주 중요한 조건이었습니다. 이성계가 무인이었기 때문에 이성계 가문에서는 성균관 출신의 지식인들, 유학자들에게 열등감을 가지고 있었습니다. 싸움만 잘 하는 가문이 아니라 공부도 잘 한다는 것을 만천하에 보여주고 싶었던 것입니다. 따라서 충녕대군(세종)이 학문을 좋아하여 밤새도록 책을 읽는다는 것은 매우 중요한 의미가 있었습니다. 아마도 우리 역사에서 공부를 잘 하는 것이 국왕의 조건이 된 최초의 사건일 것입니다.」 라고 수록 되어있는데 태종이 세자 책봉 시 책 읽는 충녕대군을 매우 긍정적으로 평가했다는 사건을 이야기한다.

태종 이방원이 가진 콤플렉스 역시 청제국 황제였던 태종 홍타이지가 가진 생각과 일치한다는 것을 볼 수 있다. 문·무가 결합되어야 완전무결한 군주가 된다는 생각을 일찌감치 가지고 있었다.

내 생각건대 조선의 가장 위대했던 임금은 조선의 르네상스를 이끈 두 명의 대왕, 영조와 정조대왕이다. 영조와 정조가 재위했던 기간은 76년이다. 할아버지 영조가 잘 다져온 기반을 바탕으로 개혁을 추진한 정조대왕의 재위기간이 총 24년이다.

당시 '걸출한 두 명의 임금보다 공부 잘하는 임금이 어디 있을까' 하는 생각이 들 정도로 독서와 자기관리에 충실한 군주였다. 영조와 정조대왕이 조선 역사상 세종 다음으로 공부의 신이라 평가받는 이유는 당시 시대적 분위기가 독서 붐 환경이 조성되었기 때문이다.

당시 조선은 중국이란 선진국의 영향을 항상 받아 왔으며 많은 조선 유학자들이 청제국으로 유학길에 올랐다. 청제국의 대표적인 군주 강희제가 학문적 발전을 일으키고 중국 전체가 독서의 붐이 조성되었을 무렵 조선 역시 그 유행을 체감한 이상 그냥 지나칠 수 없었을 것이다.

황제 강희제가 밤낮없이 책을 읽고 관료들과 토의하는 모습은 이미 유럽 선교사들을 통해 널리 외국으로 전파되었다. 이러한 위대한 군주 강희제가 1722년 61세 나이로 사망한다.

강희제는 죽기 직전 후계자로 45세의 늦은 나이의 아들 옹정제를 지목한다.

옹정제의 엄청난 독서 중독증이 강희제를 감동시킨 것이다. 이는 마치 조선 태종 이방원이 세종을 선택한 이야기와 비슷하다. 강희제를 이은 옹정제는 새벽 4시에 일어나 책을 읽고 활쏘기와 말타기로 체력을 단련했다. 옹정황제가 책을 읽다 취침에 드는 시간이 새벽 한 시였다고 하니 정말 대단한 황제가 아닐 수 없다.

혀를 내 두를만한 강희제의 아들 옹정제가 등장하자 조선은 1725년 옹정 2년 여름 새로운 조선의 왕 '영조'가 즉위한다.

청제국 역사서에는 옹정 8년 조선의 왕을 칭찬하는 황제의 말이 있다.

"조선의 왕은 밤 낮 구분 없이 책 읽기를 좋아하니 짐이 그를 칭찬하지 않을 수 없다"라고 말한다. 세상은 이미 왕부터 저 아래 백성까지 독서의 시대였던 것이다.

거기다 강희제부터 건륭제까지 대륙의 건실한 황제가 안정적인 정치를 하므로 인접국가에 자잘한 전쟁도 없었다. 그러나 조선조의 정치이념이자 자존심인 성리학이 이미 청제국에서 놀라운 발전을 일으키며 당대 최고의 학자들이 대륙에 등장한다.

한 기록을 보면 건륭제는 "조선은 대대로 우리 왕조의 미천한 신하였으며, 조공국 중 그 중요성이 작다. 또한 그들의 학문도 이제 우리를 따라올 수 없다."(참조 : 건륭제/마크C엘리엇/천지인,2011)라고 말할 정도로 자존심 강한 조선을 여러 번 자극한다.

이에 자극 받은 자존심의 끝판왕 영조와 정조대왕 시절 더 많은 학문 연구가 이루어 졌다.

하버드 대학교 마크. C. 엘리엇 교수는 그의 저서 '건륭제' 에서 '이 시기 청제국은 발명, 넉넉함, 사치의 시대라고 말하며 중화제국 엘리트들에 의한 엄청난 학문 연구와 발전이 있었고 당시 세계에서 가장 부유한 완벽한 나라였다' 라고 말한다.

이미 당시 중국을 바라 본 서양 선교사들까지 "온갖 영화를 누린 솔로몬(Solomon in all his glory)"에 비유할 정도였다.

이렇게 조선의 밖 가까운 우리 이웃나라에서는 상상 이상의 세계가 펼쳐졌으며 이를 지켜보던 영조와 정조는 문화 선진국으로써의 자존심을 지키기 위한 노력을 게을리하지 않았다.

물론 조선의 대부분 왕들의 성리학적 국가 체계를 지키기 위한 노력은 대단하였다.

16세기 말 경국대전을 완성시키고 조선왕조의 통치체계를 확립시킨 조선의 9대 왕 '성종' 의 일화를 잠시 보자.

"성종이 병이 나자, 어머니인 왕대비가 성리학을 교육하는 최고 학교인 성균관 안의 벽송정에 굿판을 차리고 치유를 기원했다. 그때 공부하던 한 성균관 유생이 무리를 이끌고 나와 무당을 매질하여 내쫓았다. 왕대비가 크게 노하여 임금의 병환이 나은 뒤에 왕에게 고하니, 왕은 그 유생에게 벌을 내리는 대신 특별히 술을 내려주었다. 무엇이 진정으로 임금을 위하는 행동인가? 가라지와 피를 미워함은 곡식을 해칠까 염려하기 때문이다"라고 말하며 '곡식처럼 귀한 유생이 이 나라의 근본이다' 라고 가르친다.

이처럼 영조와 정조는 학문을 게을리하지 않았으며 중국에 일어난 대변혁에 맞서는 다양한 시도를 벌인다.

가톨릭대학교 박광용 교수의 '영조와 정조의 나라' 에는 정조대왕이 중국으로부터 학문의 자존심을 지켜내기 위한 노력을 살펴볼 수 있다.

정조는 "우리는 동국에서 태어난 이상, 마땅히 우리 동국의 본모습을 지켜야 한다. 그릇 같은 생활용품까지 중국산만 쓰려는 사치풍조가 학문에도 번진 탓"이라고 지적했다.

정조는 조선이 마지막 남은 오리지널 중국적 문명국, 현재 청제국 문화에 앞선 원조가 조선이란 점을 강조하고 싶었다. 정조는 '조선 중화주의'를 표방하고 조선이 가진 진정한 실력으로 보여주고 싶었다. 박광용 교수의 말처럼 정조의 선택은 청의 문화 정리 사업에 대항해 조선이 가진 자기 정체성을 가장 먼저 확립하고 그 다음 세계화란 곧 스스로의 자신감에서 출발해야 한다는 입장을 고수했다는 것이다.

정조는 중국산 책 수입 금지를 지시한다. 국산 책 보급과 양민에게 한글 보급을 지시하지만 이미 조선은 중국산 책에 대한 독서 유행이 시작되었고 영조와 정조시대 이미 많은 백성들이 책 읽는 즐거움에 빠져있었다는 사실을 알 수 있다.

당대 거물급 황제 건륭제가 1799년, 89세 나이로 사망하고 일 년 뒤 1800년, 조선의 22대왕 정조대왕이 49세 나이로 세상을 떠난다.

정말 아이러니하게도 청제국은 건륭제까지 전성기를 다했고 조선도 정조대왕 이후 서서히 전성기를 마감하며 책으로 경쟁했던 두 나라는 밀려드는 외세의 침략과 내란으로 무너져 갔다.

이스라엘 건국 신화

역사의 패턴은 늘 시작과 끝이 명확했다.

한 운명이 태어나면 죽음을 맞이하듯 역사 속 찬란했던 청제국도, 로마도, 페르시아도 그렇게 사라졌다. 그런데 어떻게 유대인들은 인류사의 4000년을 존속하며 그토록 많은 문명에 영향을 준 것일까?

유대민족에게 분명 어떤 자극적인 계기가 있었다면 로마제국을 빼놓을 수 없다.

유럽과 지중해 주변 모든 영토를 수백 년간 지배하던 로마제국은 정복한 민족을 수용하고 피지배계층에게 상당한 인프라(로마의 우수한 지식체계와 하수시설,학교,목욕시설,오락시설 등)를 제공한다. 로마에 저항하던 야만족들은 점차 이들이 가진 문화의 우수성과 편리성에 젖어 로마인이 되고자 한다.

그러나 오직 단 한 민족, 유대인들만이 로마인들의 문화 수용을 거부하며 끝까지 로마에 저항한다. 고대 문명의 기원, 유대 전통 율법을 간직해 오던 유대민족은 로마에 굴복하지 않은 채 수천 년을 떠돌며 자신들의 신념을 지킨다.

로마에 저항한 대가는 처참했다. 로마황제 베스파시아누스 (Vespasianus)와 그의 아들 티투스(Titus)가 예루살렘을 함락시키며 유대인들의 오래된 신전과 학교를 남김없이 파괴한다.

로마 군대는 투항하면 용서와 평안을 주었지만 반항하면 나라의 뿌리까지 뽑아버렸다.

유대인들은 로마에게 모든 것을 빼앗긴다. 유대인들은 이 시기부터 유대민족에 대한 역사를 남김없이 글로 기록하였고 민족정신을 잃지 않기 위해 끊임없이 읽고 쓰고 토론하였다. 즉 유대 정신을 빼앗기면 이들이 지켜온 모든 것을 잃는다고 생각했기에 유대교는 글의 종교이자 책의 종교가 된다.

훗날 로마의 무자비한 기독교 박해는 결국 콘스탄티누스 1세 (Constantinus I)가 발표한 밀라노 칙령(313년)에 의해 기독교가 로마 정식 종교로 채택되기에 이른다.

이로 인해 유대 정신은 유럽인에게 이식되었지만 유럽인들의 유대인에 대한 열등감은 다시 나치 히틀러와 같은 게르만 민족주의자에 의해 엄청난 유대학살로 역사에 기록된다.

이스라엘은 오랜 핍박과 시련 속에 끝까지 잡초처럼 살아남았다.

떠돌이 이스라엘이 2차 세계대전이 끝나고 예루살렘이 있는 지금의 고국에 국가를 건국하기까지 이들 역사는 순탄치 않았다.

'시몬 페레스(Shimon Peres)'는 이스라엘 건국의 아버지 중 한 명이었다.

1923년 폴란드 비쉬네바에서 태어나 20대 중반 이스라엘 초대수상인 '벤구리온'의 보좌관으로 임무수행하였다. 그는 장관직 10번, 총리로 3번을 역임하고 국회의 추대로 92세까지 제 9대 대통령으로 재임했다.

시몬 페레스는 그의 자서전 『작은 꿈을 위한 방은 없다』을 보면 유대인들의 교육관을 들여다 볼 수 있다.

"나는 책 읽는 남자로 자라났지만, 그전에 어머니 옆에서 책 읽는 소년으로 시작했다. 거기엔 독서 후 이어질 토론을 위해 어머니가 읽을 것을 따라잡으려는 어린이의 만만치 않은 도전도 한몫했다. 내 어머니는 러시아 문학을 사랑하셨고 그녀의 삶에 독서보다 더 큰 즐거움을 주는 것은 거의 없었다. 어머니는 독서의 즐거움을 나와 함께 나눴다."

유대인의 평범한 가정교육의 모습이며 대개 모든 유대인이 이러한 읽고 쓰고 토론하는 방식을 통해 풍부한 창의성과 상상력을 갖게 된다.

시몬 페레즈는 "기억의 반대말은 상상이다 기억은 이미 걸어 온 길

을 되돌아 가보는 것이지만, 상상은 아직 가보지 못한 길을 미리 가보는 것이기 때문이다"라고 말한다.

이스라엘 건국의 아버지 '데이빗 벤 구리온(David Ben-Gurion)'은 어릴적부터 할아버지가 읽어 준 성경과 히브리어 덕분에 평생 시오니즘(Zionism)사상에 영향을 받게된다.

벤 구리온은 선지자와 예언을 사랑했고 성경의 언어를 사랑했다. 그에게 성경은 유대 민족의 근원이었다. 벤 구리온은 오직 성경을 읽고 삶에 실천하는 성실함을 보여왔다.

그에게 히브리어는 성경의 언어였고 히브리어로 다시 되돌아가고 싶어했다.

1920년 벤 구리온은 현대 이스라엘 국가를 탄생시키기 위해 영국 관료와 아랍 지도자와 삼자대면을 한다. 한치의 물러섬도 없는 신경전이 오가고 아랍인들과 유대인의 싸움이 계속되었다. 영국은 중재자로 방관할 뿐 아무것도 하려들지 않았다.

그러나 어쩔 수 없게 영국은 1936년 '팔레스타인 사태'를 조사하기 위해 위원회를 구성한다.

영국, 아랍, 유대지도자가 원탁에 둘러 앉아 서로를 응시하는 가운데 영국 관료가 먼저 말을 꺼내들었다.

"벤 구리온, 질문 하나 해도 되겠습니까? 어디서 태어났습니까?" 이에 벤 구리온은 "플론스크에서 태어났습니다."라고 답했다.

"플론스크가 어디에 있나요?".

"폴란드에 있습니다."

그러자 영국관료는 "정말 아주 이상해요. 제 앞에 있는 모든 아랍 지도자들은 다 팔레스타인에서 태어났고 대부분의 유대인들은 서유럽에서 태어났군요. 아랍 사람들은 오토만 제국에서 이 땅에 살 권리를 부여받았는데 당신들은 팔레스타인이 당신네 땅이라는 증서라도 받은 것이 있나요?"라고 비아냥거렸다.

벤 구리온은 자신의 외투 속에 있던 성경책을 집어 올리며 "이것이 제가 받은 증서입니다. 성경이야말로 가장 존중받는 책이며 영국도 이 성경을 가장 존중한다고 믿고 있습니다. 팔레스타인에 대한 우리의 권리는 밸푸어 선언이나 위임령에 의해 나온 것이 아닙니다. 그것은 더 높은 곳이 있습니다. 성경이 우리의 위임령이며 우리의 언어로 쓴 이 성경이야말로 이 땅에서 위임령이 됩니다. 우리의 권리는 유대인의 역사만큼이나 오래됐습니다. 우리는 이 땅을 반드시 가져야 합니다. 성경에 그가 우리를 데려오셨고 하나님이 이 땅을 유대인에게 주셨다고 말씀하셨습니다. 우리는 오늘을 축하할 것입니다. 5,775년

*후츠파(Chutzpah) 정신 : 뻔뻔하면서 당돌한 이스라엘식 솔직함.

이라는 빛나는 역사를 말입니다."

후츠파* 정신을 발휘한 이스라엘은 이렇게 탄생한다. 이후 1948년 5월 이스라엘은 자신들을 반대하던 주변 국가를 하나 둘 무력으로 제압하며 자신들에 대한 존재를 알린다.

이들 병력 3만 5천명에게 시리아, 요르단, 이집트, 이라크가 차례로 무릎을 꿇었다. 또한 전쟁이 끝날 무렵 전세계 시오니스트* 대의를 위해 총을 들어 자진 입대한 사람이 10만명이 넘었다.

이스라엘 초대 총리가 된 벤 구리온은 1948년 이스라엘을 선포하는 자리에서 "나라를 세우는 것 자체가 기적이다"라고 말했다.

책 읽는 민족이자 책으로 뭉쳐진 나라가 책에서 말하는 자신들의 나라를 현실로 만들어 버린 것이다. 이후 이스라엘은 수많은 강대국들의 도전을 받지만 그때마다 자신들의 머리를 믿어 어려움을 극복해 낸다.

*시오니즘(Zionism) : 과거에 나라 없이 떠돌던 유대인들이 그들 조상의 땅이었던 팔레스타인 지방에 유대 민족국가를 건설하는 것을 목표로 하였던 민족주의 운동.

프랑스가 전투기 수입을 중단하자 자신들 환경에 적합한 최정예 장거리 타격 전투기 '라비(젊은 사자)'를 제작했고, 주변국에 존재를 과시하기 위한 핵무기와 벙커 버스터, 아이언 돔 등 미국이 부러워할 정도의 최첨단 무기 양산을 시작한다.

또한 우리가 잘 알고 있는 나노기술과 USB를 만들었다. 이스라엘의 탄생으로 세계는 더 많은 혜택과 발전을 거듭하기에 이른다. 참고로 우리가 흔히 접하는 방울 토마토는 이스라엘이 장병들의 건강을 위해 자체 개발한 품종이다.

이렇게 이스라엘이 강력해진 후에는 오직 평화를 위해 노력해왔다.

2천 년 동안 끝없이 핍박과 멸시를 받으며 살아온 유대인에게 최후

이스라엘 지폐에 새겨진 벤 구리온

의 보루는 단 한 권의 성경책이었다. 그리고 읽는 것에 그치지 않고 무한한 상상력을 발휘하여 세계에 가장 우수한 민족으로 남겨져 있다.

책은 사람을 만들고 사람은 책을 만든다는 말처럼 책은 엄청난 기적의 힘을 지니고 있다. 기적을 체험한 많은 사람들이 다시 책을 만들어 여러 사람들에게 그 뜻을 공유한다.

그리고 책은 반드시 읽어야만 그 효력을 발휘한다.

지금 아무도 가보지 않은 미래를 보여주는 책을 통해 당신의 미래를 상상하라.

미래는 동양의 유대인, 한민족만이 이스라엘에 바통을 이어받은 유일한 대안이란 즐거운 상상을 해본다. 왜냐하면 우리는 꿋꿋하게 책을 읽는 자랑스런 선비의 후손이지 않은가?

오직 독서뿐

지나온 과거를 뒤돌아 보았다.

40여 년 시간 동안 내가 질적으로 변화할 수 있었던 시간은 고작 채 몇 년이 안된다. 그것도 내가 군대란 곳에 온 것과 군대에서 책을 만난 계기가 전부이다. 군대는 결코 쉬운 곳이 아니다. 때로 외롭고 고독한 곳일 수 있다. 그러나 주위를 살펴보면 늘 나와 함께 했던 친구가 있었다.

바로 '책' 이다. 조금 늦게 만나게 되어 아쉽지만 나의 단짝이자 가장 사랑하는 전우이다.

우리는 다만 모를 뿐이다. 책이 우리에게 주는 위안과 즐거움을 말이다.

앞으로 독서의 중요성은 점점 확대될 것이다.

오직 읽고 생각하고 말하고 쓰는 자만이 이 치열한 약육강식의 세계에서 살아남는 유일한 대안이다. 나는 책을 읽지 않는 사람이 발전할 수 있다고 믿지 않는다.

오직 책을 통해서만 사고가 깊어질 수 있다고 믿는다.

책에 원하는 해답이 숨겨져 있고 숨겨진 진주를 찾는 자만이 승리자가 된다고 믿는다.

많은 전역 장병들을 보며 군생활 540일 중 가장 효과적이고 남는 장사는 결국 독서였다는 결론을 내린다. 이것이 바로 EBO독서 전략의 핵심이자 전역 후 삶을 바꾸는 핵심 독서전략이다.

방금 저녁 점호를 마치고 불꺼진 생활관을 뒤로한 채 사무실로 걸어오던 중 도서관의 문을 열었다.

세 명 정도 병사들이 잠을 미룬 채 책을 읽고 있었다.

세 병사의 눈에서 나라의 미래를 보았다. 세상은 단 몇 명에 의해 돌아간다는 법칙처럼 독서하는 저 병사들이 나라를 짊어질 청춘이란 생각에 흐뭇하였다.

나는 병사 한 명의 등을 토닥이며 격려했다.

그리고 조용히 병사에게 속삭였다.

"넌 왜 이 책을 읽니?"

"미래에 성공하고 싶습니다."

뜻밖의 말이지만 이 병사의 눈빛은 이미 세상을 가진 듯했고, 이미

책의 비밀을 알고 다가선 고수였다.

고기도 먹어본 사람이 맛을 알고 돈도 벌어 본 사람이 돈을 번다.

이들은 이미 비밀을 알고 군생활에 가장 효과적인 분야에 투자해 쏠쏠한 재미를 보고 있는 중이다.

"최대의 위기라 생각했던 군 복무를 최대의 기회로 만들어 줄 기회가 바로 지금입니다"

책이 나오기까지 글자 하나 하나 하나님이 손 대셨으며 하나님이 매 순간 함께해주셨습니다. 글을 마감하는 이 순간 다시 한번 하나님의 살아계심과 역사하심을 체험합니다.

살아가면서 가장 아쉽고 후회가 되는 순간이 누구나 있게 마련입니다.

저는 그 중 책이란 존재를 가장 뒤늦게 만나게 되었다는 사실이 가장 회회됩니다.

당신의 주변을 돌아보고 서점에 진열된 책을 보면 성공한 사람들의 공통점은 모두 한결같이 독서를 많이 했다는 것입니다.

그러나 우리는 매번 그 사실을 알면서도 외면하는 이유가 귀찮기 때문일 것입니다.

편리한 핸드폰과 미디어의 유혹도 한 몫 거들었지만 이들 존재는 결국 배터리처럼 잠시 곁에 있어 줄 뿐입니다.

핸드폰과 미디어에 중독된 사람들은 외롭습니다. 순간의 즐거움을 살아가며 매번 삶의 궁핍함을 느낍니다. 그러나 책은 다릅니다. 책은 즐거움과 행복을 전해주며 비전을 제시해 줍니다.

병영생활은 자칫 지루하고 외로울 수 있습니다. 각자의 개성이 다 틀리고 놀이문화도 한정되어 있기 때문입니다. 이런 환경에 가장 적합한 친구가 책이라 말해주고 싶었습니다. 인생경험을 통해 결국 남는 건 독서라는 것을 나의 후배들에게 알려주고 싶은 마음이 이 한권의 책으로 완성된 것입니다.

최대의 위기라 생각했던 군 복무를 최대의 기회로 만들어 줄 시기는 바로 지금입니다.

실제 생활관 10명 중 1명이 책을 읽습니다. 읽지 못해 책을 읽지 않는 것이 아니라 읽기 싫어서입니다. 그러나 단 1명은 알고 있습니다. 책이 가진 비장의 무기가 무엇인지.

여러분의 540일 탁월한 선택이 무조건 독서가 되어주기를 간절히 희망합니다.

제 원고를 재미있게 읽어주시고 공감해 주신 더 로드 & 프로방스 출판사 조현수 대표님께 감사드립니다.

또한 탈고와 수정하는 과정마다 아낌없는 칭찬을 해주신 조용재 총괄 본부장님께 감사하며 이 책을 잘 홍보하고 응원해주신 만큼 은혜를 잊지 않겠습니다.

항상 응원해주신 육영미 여사와 자녀인 충헌, 인영에게 감사를 나눕니다. "화이팅"

저에게 아주 훌륭한 스승님이 두 분 계십니다.

전 서울대 종교학과 배철현 교수님과 탤런트 윤동환 선생님이십니다.

이 두 분은 제 인생에 '엘리야와 엘리사' 같은 분입니다.

제 책이 나오기 전 많은 격려와 지도해주셨고 제 가슴에 위대한 명언을 많이 새겨 주셨습니다.

기회가 되면 두 스승님께 멋진 저녁식사 한번 대접해 드리고 싶습니다.

* '출판사 에디터가 알려주는 책쓰기 기술(카시오페아 출판사)' 이란 책을 여러분 꼭 한번 읽어 보시길 바랍니다.

저에게 책쓰기 비법을 전수해 주신 청림출판사 '양춘미 에디터*' 에게 정말 감사드립니다.

양춘미 에디터가 유튜브 방송을 하는데 저를 초대해 주신다면 큰 절 한번 올리겠습니다.

마지막으로 항상 저를 아껴주신 모든 분들께 감사드리고 군복을 입은 아름다운 대한민국 모든 청년들에게 이 책을 바칩니다.

선선한 가을,
이제 이 책을 마감하고 곱창에 소주를 한잔 마셔야겠습니다.

위대한 책 속에 남겨진 명언
(Famous saying)

가장 발전한 문명사회에서도 책은 최고의 기쁨을 준다. 독서의 기쁨을 아는 자는 재난에 맞설 방편을 얻은 것이다.

– 랄프 왈도 에머슨(Ralph Waldo Emerson)

내 마음이 원하는 책, 내 감성으로 이해되는 책을 골라 찬찬히 읽는 게 낫다.
자연스러운 독서만이 진정한 나의 교양이 된다.

–헤르만 헤세(Hermann Hesse)

나이가 들었든 젊든, 가난하든 부유하든, 몸이 아프든 건강하든, 전 세계인 누구나 독서의 즐거움을 누릴 수 있기를, 인류 문명을 위해 위대한 공

을 세운 문학가, 문화인, 사상가, 과학자들에게 존경과 감사를 표할 수 있
기를, 모든 지적 재산권을 보호할 수 있기를 바라며,

−세계 책과 저작권의 날 홍보 문구

독서가 정신에 미치는 효과는 운동이 신체에 미치는 효과와 같다.

−리처드 스틸(Sir Richard Steele)

독서는 나를 성장하게 하고 어떤 삶의 위기에도 넘어지지 않게 붙잡아 주
는 가장 강력한 도구다.

−사이토 다카시(齋藤孝)

집안이 가난하여도 뜻은 변하지 않으니, 열심히 책 읽기를 마치 배고프고
목마른 자처럼 하라.

−범중엄(Fan Zhongyan, 范仲淹)

닫혀있기만 한 책은 블록일 뿐이다

−토마스 풀러(Thomas Fuller)

책은 많이 읽었으나 아직도 일을 처리하는 데 부족함이 많구나.

─왕인석(王安石)

책이 천장에, 하늘에 닿는다. 내가 쌓은 책은 높이가 1마일은 된다. 내가 얼마나 이 책들을 사랑하는지! 내게 이 책이 얼마나 필요한지! 내가 이 책들을 읽을 때쯤이면 나는 긴 수염을 기르고 있을 것이다.

─아놀드 로벨 (Arnold Lobel)

나는 아직 숨이 붙어 있고 미약하게나마 힘이 있으니 지혜에 대한 사랑을 포기할 수가 없다.

─플라톤(Platon)

웅변이나 반박을 위해 책을 읽는 것이 아니요, 쉽게 믿거나 맹목적으로 따르기 위해 읽는 것은 더더욱 아니다. 책은 생각하고 비교하기 위해 읽는 것이다.

─프랜시스 베이컨(Francis Bacon)

약으로 병을 고치듯이 독서로 마음을 다스린다.

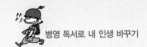

-율리우스 카이사르(Gaius Julius Caesar)

내가 우울한 생각의 공격을 받을 때 내 책에 달려가는 일처럼 도움이 되는 것은 없다. 책은 나를 빨아들이고 마음의 먹구름을 지워준다.

-미쉘 드 몽테뉴(Michel (Eyquem) de Montaigne)

책은 생명이 없는 존재가 아니다. 책은 생명의 잠재력을 품고 있으며, 작가와 함께 활동한다. 그뿐만 아니라 책은 작가의 살아 숨 쉬는 지혜의 정수만을 담고 있는 물병과도 같다.

-밀턴(John Milton)

내가 인생을 안 것은 사람과 접촉했기 때문이 아니라 책과 접촉했기 때문이다.

-아나톨 프랑스(Anatole France)

한 문장이라도 매일 조금씩 읽기로 결심하라. 하루 15분씩 시간을 내면 연말에는 변화가 느껴질 것이다.

-호러스 맨(Horace Mann)

책을 많이 읽을수록 생각하지 않고 함부로 말하는 이가 있다. 아는 것이 많다고 생각하기 때문이다. 하지만 책을 읽고 생각하는 것이 많아질수록 내가 아는 것이 너무 적음을 분명히 알 수 있을 것이다.

―볼테르(Voltaire)

매일 다섯 시간씩 책을 읽으면 금세 박학다식해질 수 있다.

―새뮤얼 존슨(Samuel Johnson)

책을 태우는 사람들과 합류하지 말라. 오류가 존재했다는 증거를 은폐함으로써 오류 자체를 은폐할 수 있을 것이라고 생각하지 말라. 도서관에 가서 모든 책을 읽는 것을 두려워하지 말라.

―아이젠하워(Dwight D(avid) Eisenhower)

무엇이거나 좋으니 책을 사라. 사서 방에 쌓아 두면 독서 분위기가 조성된다. 외면적이지만 이것이 중요하다.

―E.A. 베네트(Arnold Bennett)

반드시 한 가지 책을 익히 읽어서 그 안의 참된 이치와 뜻을 모두 깨달아

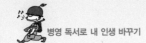

모두 통달하고 의심이 없게 된 연후에야, 비로소 다른 책을 읽을 일이다. 여러 가지 책을 탐내어 이것저것을 얻으려고 분주히 섭렵해서는 안 된다.

-율곡 이이

책을 읽고 사색하지 않으면 깊이 깨달을 수 없다. 겨우 얻은 얕은 지식은 쉽게 사라져 버리고 만다.

-쇼팬하우어(Arthur Schopenhauer)

독서에는 세 가지 도달한 것이 있다. 먼저 마음을 집중하고, 눈을 지중하며, 마지막으로 입을 집중해야 한다.

-주희(朱熹, Chu Hsi)

우리는 세심하게 글을 읽는 습관을 들이는 한편, 눈으로 빠르게 읽는 습관도 함께 만들어야 한다. 세심하지 못하면 얻는 것이 없고, 눈이 빠르지 못하면 쓸모가 없어 자료를 폭넓게 찾기 힘들기 때문이다.

-양계초(량치차오,梁啓超)

독서는 다만 지식의 재료를 공급할 뿐이며, 그것을 자기 것이 되게 하는 것은 사색의 힘이다.

-존 로크(John Locke)

책 읽기를 좋아하는 청년은 본분 이외의 책, 즉 학과 공부 이외의 책을 읽어도 좋다. 공부와 관련된 책만 끌어안고 있어서는 안 된다.
하지만 반드시 학과 공부를 끝낸 후 짬이 날 때 책을 읽어야 한다. 그때에는 전공과 관련 없는 책도 두루 읽어 볼 수 있다. 이공 계통을 전공하더라도 문학서를 보거나 문학을 공부할 수도 있고, 과학을 비롯해 다른 연구 서적을 볼 수도 있다. 그러면 다른 사람, 다른 일도 더 깊게 이해할 수 있기 때문이다.

-루쉰(魯迅)

책 한 권 읽기를 간절히 바라는 사람과 읽을 만한 책을 기다리다 지친 사람 사이에는 매우 큰 차이가 있다.

-체스터튼 (G(ilbert) K(eith) Chesterton)

내 평생 관심을 둔 것은 혁명이 아니면 독서이다. 하루라도 책을 읽지 않으면 살아갈 수가 없다.

병영 독서로 내 인생 바꾸기

－쑨원 (Sun Yat-sen, 孫文)

책을 읽을 때에는 네 가지 도달할 것이 있다. 첫째, 눈을 집중해야 하며, 둘째, 일에 집중해야 하고, 셋째, 마음을 집중해야 하며, 마지막으로, 손을 집중해야 한다.

－후스(胡適, Hu Shih)

한 권의 책은 세계에 대한 하나의 버전이다. 그 버전이 마음에 들지 않으면 무시하든지 답례로 자신만의 버전을 제공하라.

－살만 루시디 (Salman Rushdie)

당대 영웅의 독서는 첫째, 뜻이 있어야 하고, 둘째, 앎이 있어야 하며, 셋째, 끈기가 있어야 한다. 뜻이 있는 자는 저열함을 용납하지 않아야 한다. 앎이 있는 자는 끝없이 학문을 닦아야 하며, 하나를 얻고 만족해서는 안 된다. 바다를 본 하백이나 우물 안 개구리는 앎이 없는 자들이다. 끈기가 있으면 이루지 못한 일이 없다. 세 가지 중 어느 하나도 모자라서는 안 된다.

－첸무(錢穆, Ch'ien Mu)

책을 읽고 그것을 이용하지 않으면 그 책은 폐지와 다름없다.

-조지 위싱턴(George Washington)

어려운 글도 백번이나 많이 읽으면, 그 참뜻을 스스로 깨쳐 알게 된다.

-주희 (朱熹, Chu Hsi)

책은 친구이다. 열렬한 사랑은 없지만 매우 충직하다.

-위고 (Hugo, Victor Marie)

내가 배운 모든 가치 있는 지식은 전부 자유롭게 공부하며 얻은 것들이다.

-다윈(Erasmus Darwin)

책은 한 세대가 다음 세대에게 남겨 주는 정신적인 유훈이다. 그것은 죽을 날이 가까이 온 노인이 막 사회에 뛰어든 젊은이에게 보내는 충고이며, 은퇴를 앞둔 이가 이제 자신의 일을 대신하게 될 아랫사람에게 하는 명령과도 같다.

-게르첸(Gertsen, Aleksandr Ivanovich)

병영 독서로 내 인생 바꾸기

책을 읽지 않은 인간을 경계하라.

−디즈 레일리(Benjamin Disraeli)

책은 인류의 가장 조용하고 영원한 친구이자, 쉽게 접할 수 있고 가장 많은 지혜를 갖춘 자문이며, 최고의 인내심을 가진 좋은 스승과 유익한 친구이다.

−조지 엘리엇(George Eliot)

책은 좀처럼 책을 읽지 못하는 이들에게 입을 다문다. 그뿐만 아니다. 기계적으로 읽고 그 속에서 사상을 흡수하지 못하는 이들에게도 벙어리처럼 입을 열지 않는다.

−우신스키(Ushinskii, Konstantin Dmitrievich)

책은 소년들의 음식이다. 노인들을 기쁘게 해 주기도 하고, 번영의 장식이자 위험 속의 피난처이며, 우리 영혼의 위로자이다.

−톨스토이(Tolstoi, Lev Nikolaevich)

책 없는 방은 영혼 없는 육체와 같다.

-키케로(Cicero, Marcus Tullius)

책은 우리의 가장 좋은 친구이다. 일상에서 어려움을 만나 도움을 구하면 언제나 배신하지 않고 우리를 도와준다.

-알퐁스 도데(Daudet, Alphonse)

책 읽기는 영혼의 그랜드투어와 같다. 언제 어디서나 유명한 산과 강, 깊은 계곡과 울창한 숲, 명승지 그리고 아름다운 꽃들을 볼 수 있기 때문이다.

-아나톨 프랑스(Anatole France)

좋은 책을 읽으면 읽을수록 자신이 무지하다는 것을 알 수 있다.

-조지 버나드 쇼(Bernard Shaw, George)

사람이 책의 노예가 되면 살아 있는 사람도 죽음 목숨이나 다름없다. 반면 책을 사람의 도구로 만들면 책 속의 지식은 더욱 살아 움직이며 생명력을 갖게 된다.

-화뤄겅(華羅庚)

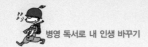

독서는 완성된 사람을 만들고, 담론은 재치 있는 사람을 만들고, 필기는 정확한 사람을 만든다.

-베이컨(Francis Bacon)

독서는 명사의 집을 방문하는 것과 같다. 그것도 투명인간이 되어서 말이다. 존경하는 스승이나 유명한 학자들을 만나러 갈 때도 먼저 인사를 하거나 약속을 정할 필요가 없고 주인을 방해할까 봐 걱정하지 않아도 된다. 책을 폄과 동시에 대문으로 들어가 몇 페이지를 넘기면 금세 거실이다. 아무 때나 자주 가볼 수도 있고, 요점을 찾지 못했을 때에는 작별 인사 없이 나와도 괜찮다.

혹은 더 훌륭한 이를 찾아 삼자대면을 할 수도 있다. 내가 만나고픈 이가 국내에 있는지 해외에 있는지 물어볼 필요도 없고, 옛사람인지 현대인인지 알 필요도 없다. 전공이 무엇인지 묻지 않아도 괜찮고, 그와의 대담이 위대한 진리인지 소소한 이야깃거리인지 신경 쓰지 않아도 된다. 그저 가까이 다가가서 듣기만 하는 걸로 족하다.

-양장(楊絳)

남의 책을 읽는 데 시간을 보내라. 남이 고생한 것에 의해 쉽게 자기를 개선할 수 있다.

-소크라테스(Socrates)

수천 년 동안 인류가 지혜를 저장하는 방법은 두 가지였다. 첫째는, 만리장성과 같이 실물로 남겨 두는 것이고, 둘째는, 바로 책을 쓰는 것이다. 물론 후자가 주였다. 문자가 발명되기 전 지혜는 주로 기억에 의존해 저장됐다. 하지만 문자가 발명된 후 인류는 책을 이용하기 시작했다. 책은 인류가 대대로 전해 온 지혜의 보고이다. 후대인들은 책을 읽어야만 선인들의 지혜를 계승하고 발전시킬 수 있다. 인류가 영원히 쉬지 않고 전진할 수 있던 까닭은 책을 읽고 쓸 수 있는 능력이 있었기 때문이다. 나는 인류의 발전이 마치 이어달리기와 같다고 생각한다. 첫 번째 세대가 스타트를 끊고, 그다음 세대가 바통을 이어받아 달리며, 그다음 자연스럽게 3세대와 4세대가 영원히 멈추지 않고 달리는 것이다. 이렇게 지혜는 끝없이 계승된다. 이 모두는 책이 있어 가능하다. 책은 인류의 지혜 계승이라는 대업과 밀접하게 관련되어 있다.

그러니 독서가 '천하제일의 가장 좋은 일'이 아니고 무엇이겠는가.

-지셴린(季羨林)

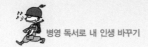

가난한 사람은 책으로 인해 부자가 되고, 부자는 책으로 인해 존귀하게
된다.

-고문진보(古文眞寶)

책을 쓰는 사람과 읽는 사람은 대부분 만나지 못한다. 하지만 그들의 영
혼은 시공을 초월해 교류하고 있다. 책을 읽을 때 마음은 고인 물처럼 차
분해야 한다. 마치 두 사람이 한적한 방 안에 무릎을 맞대고 앉아 이야기
를 나누듯, 서로의 숨소리조차 분명하게 들을 수 있듯이 말이다. 독서는
서로 다른 시공의 다양한 타인의 세계로 우리를 데려다준다. 이렇게 책을
읽는 사람은 자신도 모르게 유한한 생명을 초월해 무한한 가능성을 얻을
수 있다.

-위광중(余光中)

책을 통째로 삼키듯 읽어서는 안 된다. 반드시 그 속에서 필요한 것을 섭
취해야 한다.

-헨리크 입센(Henrik (Johan) Ibsen)

책을 좋아하는 것은 일상 속의 고독한 시간을 엄청난 향유의 시간으로 바

꾸는 것과 같다.

－기 드 모파상(Henry-René-Albert-)Guy de Maupassant)

독서는 탐험이다. 신대륙을 탐험하고 새로운 땅을 정복하는 것과 같다.

－듀이(John Dewey)

지금껏 누구도 독서를 위한 독서를 하지 않았다. 오로지 책 속에서 자신을 읽고, 발견하며 자신을 되돌아볼 뿐이었다.

－로맹 롤랑(Romain Rolland)

열렬히 책을 사랑하라! 책은 지식의 샘이다. 오직 책만이 인류를 수할 수 있고, 지식만이 우리를 강한 정신과 이성을 가진 사람으로 만들어 줄 수 있다. 이러한 자만이 진정으로 타인을 사랑하고 인간의 노동을 존중하며, 영원히 멈추지 않는 인류의 위대한 노동이 창조한 가장 아름다운 성과를 높게 평가할 수 있다.

－막심 고리키(Aleksei Maksimovich Peshkov)

가장 훌륭한 벗은 가장 좋은 책이다.

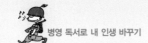

-체스터필드(Philip Dormer Stanhope, 4th Earl of Chesterfield)

한 권의 책을 읽는 데 두 가지 동기가 있다. 첫째, 그 책을 좋아해서, 둘째, 그 책을 과시할 수 있어서이다.

-러셀(Bertrand Russell)

배움은 빛이요 몽매함은 흑암이다. 책을 읽자

-체호프(Chekhov, Anton Pavlovich)

독서 습관을 들이는 것은 자신을 위한 피난처를 마련하는 것과 같다. 우리는 그곳에서 거의 모든 재난을 피할 수 있다.

-서머싯 몸(W(illiam) Somerset Maugham)

지금 읽고 있는 책 속에서 자신을 깊은 곳으로 인도해 줄 수 있는 무언가를 찾아낼 수 있어야 한다. 그리고 다른 것은 모두 과감히 내버려야 한다. 우리의 머리를 무겁게 하는 것, 요점에서 멀어지게 만드는 모든 것을 말이다.

-아인슈타인(Albert Einstein)

누군가는 지식이 힘이라고 하지만, 나에게 지식은 행복이다. 지식이 있으면 진리와 잘못을 구별할 수 있으며, 고귀한 것과 보잘것없는 것을 변별할 수 있다. 다른 시대 사람들의 사상과 행위를 진정으로 이해하면, 인류에 대한 동정과 친밀감을 느낄 수 있다.

-헬렌 켈러(Helen Adams Keller)

독서를 통해 우리는 만족감을 느낀다. 또 독서를 통해 아름다운 문명의 세계로 들어갈 수 있다. 나는 독서가 나의 지식과 식견 그리고 능력을 자라게 한다고 분명하게 느낄 수 있다. 독서는 마음이 맞는 친구와 끊임없이 이야기를 나누는 것과 같다. 독서는 또한 자신의 영혼에 대한 질문이기도 하다.

-왕멍(王蒙)

책을 많이 읽으면 얼굴이 바뀐다. 대부분의 사람은 읽었던 수많은 책이 눈앞에서 흩날리는 구름처럼 덧없거나 기억조차 희미하다고 생각하지만, 사실 그 책은 저 깊은 곳에 잠재되어 있다. 그래서 나의 품격이나 말투, 생각은 물론 생활이나 글쓰기에서도 어김없이 드러난다.

-싼마오(陳懋平)

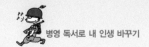

사람의 취미는 각양각색인데, 독서도 그중 하나이다. 평범한 사람은 한 가지 취미가 있다. 세계를 보는 특별한 안목, 자신에게 속한 특별한 세계가 있다. 이런 취미와 비교해 볼 때 독서는 세계를 보는 안목을 더 넓힐 수 있고 세계를 더 풍부하고 다양하게 만들어 준다.

–저우궈핑(周國平)

책은 인생의 험준한 바다를 항해하는 데 도움이 되게끔 남들이 마련해 준 나침반이요, 망원경이요, 육분의요, 도표이다.

–제시 리 베넷(jesse lee bennett)

공자를 읽어 인을 얻고, 맹자를 읽어 의를 구하며, 노자를 읽어 지혜를 습득하고, 묵자를 읽어 실천의 필요성을 느끼며, 한비자를 읽어 냉철한 눈을 가지고, 순자를 읽어 '자강불식'을 깨달을 수 있다. 이처럼 제자백가 사상을 모두 읽어 볼 필요가 있다. 한 가지만 편애하면 문제가 생긴다. 책을 읽는 사람을 책을 읽지 않아서는 안 되고, 또 책만 읽어서도 안 된다. 내가 더 좋아하는 구절은 바로 이것이다. "용기와 포부를 가진 자와 큰일을 도모하고, 책을 읽을 때에는 선인의 구속에서 벗어나 자신만의 길을 개척해야 한다."

-이중톈(易中天)

책은 모든 지식의 기초이며, 모든 학문의 기초의 기초이다.

-츠바이크(Zweig, Stefan)

젊은이들은 책을 읽을 때 항상 조심해야 한다. 노인이 음식을 조심하듯 한꺼번에 삼키지 않고 천천히 씹어야 한다.

-처칠(Churchill, Winston Leonard Spencer)

이 세상에 책은 헤아릴 수 없을 정도로 많다. 사람의 정력은 한계가 있기에 모든 책을 다 읽을 필요는 없다. 하지만 우리는 책을 선택하는 방법조차 모를 때가 있다.

-장광허우(张广厚)

지금 읽고 있는 책에서 깨달음을 얻지 못하는 것은 마치 주먹으로 두개골을 내리치는 것과 같다. 왜 책을 읽는가? 단지 즐거움을 얻기 위해서인가? 맙소사! 책이 없어도 충분히 즐거울 수가 있다. 우리를 즐겁게 해 줄 책이 필요하다면 직접 써도 된다. 우리에게 반드시 필요한 책은 재난처럼 다가와 우리를 고통스럽게 해야 한다. 가장 사랑하는 사람이 죽거나 스스로 목숨을 끊은 것 같은 고통, 책은 얼음도끼처럼 우리 마음속에 있는 얼어붙은 바다를 산산조각 내야 한다.

-카프카(Kafka, Franz)

독서 예술은 대부분 책에서 일상을 재발견하고 일상의 예술을 정확하게 이해하는 데 있다.

-앙드레 모루아(Maurois, Andre)

진정한 독서는 잠자는 자를 깨우고, 목표를 정하지 못한 자에게 적당한 목표를 선택하게 한다. 올바른 책은 우리가 샛길로 빠지지 않고 바른 길을 가도록 해 준다.

-데일 카네기(Carnegie · Andrew)

책은 우리를 우주의 주인으로 만들어 준다.

-파블랜코(Daria Pavlenko)

한 권의 책을 읽는 것은 일상을 위해 한쪽의 창문을 여는 것과 같다.

−오스트로프스키(Aleksandr Nikolayevich Ostrovsky)

나는 책 더미 속에서 일상을 시작한다. 그리고 마찬가지로 책 속에서 생활을 마무리한다.

−샤르트르(Chartres)

책은 시간의 망망대해 속에 우뚝 솟은 등대와 같다.

−프레드 휘플(Whipple, George Hoyt)

젊은이들이 반드시 해야 할 두 가지는 바로 독서와 여행이다. 독서는 지식을 자라게 해 주고 여행은 시야를 넓혀 주기 때문이다.

−케네디(Kennedy, John Fitzgerald)

우리는 늘 독서에서 여러 가지 장점을 발견한다. 하지만, 성인이 된 후 작가가 의도적으로 배치한 방법을 따르지 않고 자각적으로 읽어야만 비로소 많은 것을 얻을 수 있다.

−오든(Auden, Wystan Hugh)

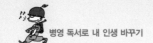

독서는 학교 공부와는 무관한 전혀 다른 일이다. '읽는 것'은 학교 밖에서, 그리고 '책'은 교과서 이외의 것으로, 독서는 생명의 신비한 동력에서 기인했으므로 현실의 이익과는 무관하다. 독서의 경험은 등불처럼 인생의 어두움을 밝혀준다. 흑암의 끝은 등불이다. 바로 독서의 시작점인 것이다.

-류융

어떤 책을 좋아하게 되었다면 여러 번 읽어도 무방하다. 첫 번째는 통째로 삼키듯 읽는다. 온전히 즐기는 것이다. 두 번째는 마음을 가다듬고 얌전히 앉아서 읽는다. 음미하는 것이다. 세 번째는 한 구정 한 구절 생각하며 읽는다. 깊이 연구하며 읽는 것이다. 이렇게 세 번을 다 읽으면 며칠 두었다가 다시 읽어 본다. 그러면 또 새롭게 깨닫는 부분이 있게 마련이다.

-자핑아오

책과의 인연은 마치 연애와 같다. 잔혹하고 고된 시련을 만날수록 더 뜨겁고 열렬하게 사랑하니 말이다.

-수탕

책은 그 누구보다 우뚝 키가 큰 사람이요, 다가오는 세계에 들릴 만큼 높이 외치는 오직 한 사람이다.

—E.B 브라우닝(Browning · Robert)

책 속에서 끝없는 시간의 흐름을 본다면 감히 낭비를 하거나 큰소리를 치지는 못할 것이다. 스스로 깨닫는다는 것은 모든 아름다움의 기본이다. 타인의 지혜에 자신만의 이해를 더 하여 적절하고 가볍게 내뱉을 수 있을 때, 나의 입술은 어떤 아름다운 색을 칠한 것보다 빛나도 사람들의 눈길을 끌 것이다. 아름다워지고 싶은가? 그럼 책을 읽어야 한다. 많은 돈을 쓸 필요도 없다. 하지만 시간을 들여야 한다. 그리고 꾸준히 계속 읽어야 한다. 그러면 5월의 화환처럼 우아한 아름다움이 나풀거리며 날아와 당신의 목을 감쌀 것이다.

—비수민

책의 바다는 한없이 넓고 아득하다. 물은 배를 띄울 수도 있고 뒤집을 수도 있다. 많은 책 앞에서 우리는 충분한 주체 의식과 통제 의식이 있어야 한다. 지식은 세상 그 어떤 악인보다도 더 철저하게 우리를 속일 수 있기 때문이다. 자주 의식이 결여된 사람은 지식의 노예가 될 수밖에 없다. 또 통제 의식이 없는 사람에게 지식은 쓸모없는 돌덩이와 같다. 그런 지식은 우리가 발전하는 데 아무런 도움이 되지 않을뿐더러 오히려 방해가 된다. 지식은 주체와 통제 의식이 있는 이에게만 친절하고 사랑스럽게 큰 힘을 보태 준다. 오직 그런 자만이 망망한 지식의 바다에서 헤엄을 치며 무한한 쾌감을 느낄 수 있다.

−차오원쉬안

정확한 범독이란 적은 시간을 들여 대량의 문헌을 접하는 것으로, 특별히 의미 있는 부분을 정확히 끄집어낼 수 있어야 한다.

−베버리자

오늘날의 작가들은 역사를 만드는 이가 아니라 역사를 계승하는 자들을 위해 책을 써야 한다. 그렇지 않으면 외톨이가 되어 진정한 예술과도 멀어지게 된다.

−카뮈(Albert Camus)

학과목 이외의 책을 읽는 것은 마치 생각이라는 배가 돛의 힘으로 바람을 맞아 앞으로 나가는 것과 같다. 책을 읽지 않는 것은 돛도 바람도 없는 배나 다름없다.

-수호믈린스키

한 철학자가 이런 말을 했다. "책이 없는 집은 주인이 없는 것과 같다." 한 권의 책을 정독하는 것은 적은 노력으로 큰 이익을 얻는 것과 같아 우리를 불패의 땅에 서도록 해 준다.

-이케다 다이사쿠

인간의 정신세계는 광활한 강토보다 중요하며, 심지어 경제 번영의 정도보다도 더 중요하다. 민족의 위대함은 보이는 발전이 아니라 내부적 발전에 있다.

-솔제니친(Aleksandr Solzhenitsyn)

책과 책을 읽는 사람은 영원히 변치 않는 명제이다. 책을 좋아하지 않는 사람에게는 뭐라 말하지 않겠다. 적어도 나에게는 그 시간이 스스로에게 미안한 시간이었다. 시간은 책을 읽을 때에만 충실해진다. 나는 책에 대해 어떤 장난도 하지 않는다.

-안느 프랑수아

작가가 되고 싶다면 많은 책을 읽고 글을 쓰는 두 가지 원칙을 지켜야 한

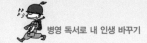

다. 다독을 통해 평범하고 수준 낮은 작품도 경험해 봐야 한다. 이러한 경험은 자신의 작품에서 비슷한 실수를 하지 않도록 해 주기 때문이다. 독서를 통해 나의 작품과 위대한 작품의 거리를 가늠해 볼 수 있다. 독서는 나의 작품이 이들과 최대한 비슷한 경지에 이를 수 있도록 도와주고 채찍질해 준다. 또 독서를 통해 여러 스타일의 작품도 경험할 수 있다.

-스티븐 킹(Stephen King)

책을 읽지 않는 국가나 민족을 감히 우둔하다고 말할 수는 없겠지만, 수많은 한을 남기게 될 민족임에는 틀림없다.

-모옌

친구를 선택하듯이 좋은 책을 선택하라.

-w.딜런

책은 일종의 대화이며, 책과 나 사이의 상호 이해이다. 만약 책과 나 사이에 공감이 형성되지 않는다면 청춘을 낭비한 것이나 다름없다. 아무리 좋은 책이라도 읽고 난 후 자신만의 느낌이 없다면 읽지 않은 것과 같다.

-위화

책은 두 번 읽지 않으면 독서가 아니다.

―마쓰오카 세이코

현대인들의 낮은 얼마나 빛나고 얼마나 바쁘며 시끌벅적한가. 그래서인
지 대부분의 사람은 밤이 되면 고독한 자아와 마주하게 된다. 고독은 바
쁜 인생에 그림자처럼 따라다닌다. 비단 한두 사람만의 문제는 아닐 것이
다. 나는 책이 인생의 고독을 해결해 준다고 믿는다. 책 속에서 수많은 사
람과 만나고 새로운 세계를 경험하며 많은 것을 발견할 수 있다. 그런 의
미에서 미국의 학자 해럴(Hardd Bloom)드 블룸의 말을 참 좋아한다. 그
는 책이 우리에게 자신의 고독을 이용하고 즐길 수 있는 방법을 제시해 준
다고 한다. 독서가 현대인의 생활에 매우 중요한 의미를 갖는다는 뜻이기
도 한다. 독서는 분명 치유효과가 있다.

―쑤퉁(蘇童)

베스트셀러는 즐거움을 주고,
고전은 생활의 지혜를 주지만, 경전은 순간을
심오하게 사는 영생을 선물한다.

– 배철현 –